우리 고전 다시 읽기

홍길동전

홍길동전

허균 지음
구인환(서울대 명예교수) 엮음

좋은 책 좋은 독자를 만드는—
㈜신원문화사

머리말

수천년 동안 한 민족이 국가의 체제를 갖추어 연면한 역사와 전통을 계속해 왔다는 것은 인류 역사를 살펴봐도 그렇게 흔한 일이 아니다. 그리고 그 민족이 고유한 문자를 가지고 후세에 길이 전할 문헌을 남겼다는 것은 더욱 흔한 일이 아닐 것이다.

이러한 면에서 볼 때 우리 한민족은 세계 어느 나라와 비교해도 손색없고, 자랑스러운 역사와 전통을 이어왔다. 우리 한민족은 5천 여 년의 기나긴 역사를 통하여 수많은 외세의 침략을 받아 백척간두의 국난을 겪으면서도 우리의 역사, 한민족 고유의 전통을 면면히 이어온 슬기로운 조상이 있었다. 이러한 까닭으로 오늘날 빛나는 민족의 문화 유산을 이어받은 것이다.

고전 문학(古典文學)이란 실용성을 잃고도 여전히 존재할 만한 값어치가 있고, 시대와 사회는 변해도 항상 시대를 초월하여 혈연의 외침으로 우리의 공감대를 울려 주기에 충분한 문화적 유산이다. 그러므로 오늘을 사는 우리들은 조상의 얼이 담긴 옛

문헌을 잘 간직하여 먼 후손들에게까지 길이 이어주어야 할 사명감을 가져야 할 것이다.

고전 문학, 특히 국문학(國文學)을 규정하는 기준이 국어요, 나라 글자라면 우리 민족의 생활 감정을 표현한 국문 작품이야말로 진정한 국문학이 된다 할 것이다.

그러나 우리 고유 문자의 탄생은 오랜 민족 역사에 비해 훨씬 후대에 이루어졌다. 이 까닭으로 우리 민족은 일찍부터 외국의 문자, 즉 한자가 들어와서 사용했다. 이처럼 우리 선조들이 고유 문자가 없음을 한탄할 때에, 세종조에 와서 마침 인재를 얻어 훈민정음이 창제되었다. 하지만 여전히 한자가 독보적인 행세를 하여 이 땅에 화려한 꽃을 피웠다. 따라서 표현한 문자는 다를지언정 한자로 된 작품도 역시 우리 민족의 생활 감정을 나타낸 우리의 문학 작품이다. 이러한 귀결로 국·한문 작품을 '고전 문학'으로 묶어 함께 싣기로 했다.

우리 글이 창제된 이후에도 우리 선조들의 손으로 쓰여진 서책이 수만 권에 달한다. 그 가운데에서 국문학상 뛰어난 몇몇 작품을 선정하는 것은 물론 산재해 있는 문헌의 자료를 수집하기 위해 숨어 간직되어 있는 작품을 찾아내는 것도 여간 어려운 일이 아니었다. 그럼에도 이만한 성과를 거두고 이만한 고전 문학 작품을 추리는 것은 현재를 삼는 우리의 당연한 책임이자 의무이다. 다만 한정된 지면과 미처 찾아내지 못한 더 많은 작품이 실리지 못한 것이 아쉬울 따름이다.

엮은이 씀

홍길동전

화설(話說)[1]. 조선국(朝鮮國) 세종조(世宗朝) 시절에 한 재상(宰相)이 있으니, 성은 홍(洪)이요, 명(名)은 모(某)라. 대대 명문거족(名門巨族)으로 소년 등과하여 벼슬이 이조판서에 이르매, 물망(物望)[2]이 조야(朝野)[3]에 으뜸이요, 충효 겸비(兼備)하기로 이름이 일국(一國)에 진동하더라. 일찍 두 아들을 두었으니, 일자(一子)는 이름이 인형이니 정실(正實) 유씨 소생이요, 일자는 이름이 길동이니 시비 춘섬의 소생이라.

선시(先時)에 공(公)이 길동을 낳을 때에 일몽을 얻으니, 문득 뇌정벽력(雷霆霹靂)이 진동하며 청룡이 수염을 거사리고 공에게 향하여 달려들거늘 놀라 깨달으니 일장춘몽(一場春夢)이

---

1) 고대 소설의 글머리에 흔히 쓰는 말. 곧 술어로서, '말하건대', '말하자면' 등과 같이 사연을 이야기하려고 글머리로 내는 말임.
2) 여러 사람이 우러러 일컬음. 이름이 사회에 널리 알려져 높이 평가되는 것.
3) 조정과 민간.

라. 심중에 크게 기뻐하여 생각하되 내 이제 용몽(龍夢)을 얻었
으니 반드시 귀한 자식을 낳으리라 하고, 즉시 내당(內堂)으로
들어가니 부인 유씨 일어나 맞거늘, 공이 흔연히 그 옥수(玉手)
를 이끌어 정히 친압(親狎)하고자 하거늘 이에 부인이 정색하여
가로되,

"상공(相公)이 체위(體位)[1] 존중하시거늘 연소경박자(年少輕
薄者)의 비루(鄙陋)함을 행하고자 하시니 첩은 봉행(奉行)치 아
니하리로소이다."

하고, 언파(言罷)[2]에 손을 떨치고 나가거늘 공이 가장 무류하여[3]
분기를 참지 못하고 외당(外堂)에 나와 부인의 자식이 없음을
한탄하더니 마침 시비 춘섬이 차[茶]를 올리거늘, 그 고요함을
인하여 춘섬을 이끌고 협실(夾室)에 들어가 정히 친압하니 이때
춘섬의 나이 열여덟이라. 한번 몸을 허한 후로 문외(門外)에 나
지 아니하고 타인을 취할 뜻이 없으니, 공이 기특히 여겨 인하
여 잉첩(媵妾)[4] 삼았더니 과연 그 달부터 태기 있어 10삭(朔) 만
에 일개 옥동을 생(生)하니 귀골이 비범하여 짐짓 영웅호걸의
귀상이라. 공이 일변 기뻐하나 부인에게 나지 못함을 한하더라.

길동이 점점 자라 8세 되매 총명이 과인(過人)하여 하나를
들으면 백을 통하니 공이 더욱 애중하나, 근본이 천생(賤生)이
라 길동이 매양 호부(呼父) 호형(呼兄)하면, 문득 꾸짖어 하지
못하게 하니 길동이 10세 넘도록 감히 부형(父兄)을 부르지 못

---

1) 몸의 지위. 신분.
2) 말을 마치고. 말을 끝내고.
3) 무색하여. 스스로 부끄러워.
4) 옛날에 여자가 시집갈 때에 여종을 데리고 가서 남편의 첩으로 삼던 것.

하고 비복 등이 천대함을 각골통한(刻骨痛恨)하여 심사를 징치 못하더니, 추구월(秋九月) 망간(望間)을 당하매 명월은 조용하고 청풍을 소슬하여 사람의 심회를 돕는지라. 길동이 서당에서 글을 읽다가 문득 서안(書案)을 밀치고 탄식하여 가로되,

"대장부 세상에 나매 공맹(孔孟)을 본받지 못하면 차라리 병법(兵法)을 외어 대장인(大將印)을 요하(腰下)에 비껴 차고 동정서벌(東征西伐)하여 국가에 대공(大功)을 세우고 이름을 만대에 빛냄이 장부의 쾌사(快事)라. 나는 어찌하여 일신이 적막하고 부형이 있으되 호부 호형을 하지 못하니 심장이 터질지라. 어찌 통한치 않으리요."

하고 말을 마치며 뜰에 내려 검술을 공부하더니, 마침 공(公)이 또한 월색을 구경하다가 길동의 배회함을 보고 즉시 불러 물어 가로되,

"네 무슨 흥이 있어 야심(夜深)토록 잠을 자지 아니하느냐."

길동이 공경하여 가로되,

"소인이 마침 월색을 사랑함이러니와 대개 하늘이 만물을 내시매, 오직 사람이 귀하오나 소인에게 이르러는 귀하옴이 없사오니 어찌 사람이라 하오리이까."

공이 그 말을 짐작하나 짐짓 문책하여 가로되,

"네 무슨 말인고."

길동이 재배하여 가로되,

"소인이 평생 설운 바는 대감 정기로 당당하온 남자가 되었사오매 부생모육지은(父生母育之恩)이 깊삽거늘 그 부친을 부친이라 하지 못하옵고 그 형을 형이라 하지 못하오니, 어찌 사람이라 하오리이까."

하고 눈물을 흘려 단삼(單衫)을 적시거늘 공이 청파(廳罷)[1]에
비록 측은하나 만일 그 뜻을 위로하면 마음이 방자할까 저어 꾸
짖어 가로되,

"재상가(宰相家) 천비(賤婢) 소생이 비단 너뿐이 아니거늘 네
어찌 방자함이 이 같으뇨. 차후 다시 이런 말이 있으면 안전(眼
前)에 용납지 못하리라."

하니 길동이 감히 일언을 고치 못하고, 다만 복지유체(伏地流
涕)[2]뿐이라. 공이 명하여 물러가라 하거늘 길동이 침소로 돌아
와 슬퍼함을 마지아니하더라.

길동이 본디 재기(才氣) 과인하고 도량(度量)이 활달한지라,
마음을 진정치 못하여 밤이면 잠을 이루지 못하더니, 일일은 길
동이 어미 침소에 가 울며 고하여 가로되,

"소자가 모친으로 더불어 전생연분(前生緣分)이 중하여 금세
에 모자(母子)가 되오니 은혜 망극하온지라. 그러나 소자의 팔
자 기박하여 천한 몸이 되오니 품은 한이 깊사온지라. 장부가
세상에 처하매 남의 천대받음이 불가하온지라. 소자 자연 기운
을 억제치 못하여 모친 슬하를 떠나려 하오니 복망 모친은 소자
를 염려치 마시고 귀체를 보중하소서."

그 어미 청파에 크게 놀라 가로되,

"재상가 천생이 너뿐이 아니거든 어찌 험한 마음을 발하여
어미 간장을 사르느뇨."

길동이 대답하여 가로되,

"옛날 장충의 아들 길산은 천생이로되, 13세에 그 어미를 이

---

1) 듣기를 다하고. 다 듣고 나서.
2) 땅에 엎드려 눈물을 흘리는 것.

별하고 운봉산에 들어가 도를 닦아 아름다운 이름을 후세에 유
전(遺傳)하였으니, 소자 그를 효칙(效則)[3]하여 세상을 벗어나려
하오니 모친은 안심하사 후일을 기다리소서. 근간 곡산모(谷山
母)의 행색을 보니 상공의 총(寵)을 잃을까 하여 우리 모자를
원수같이 아는지라, 큰 화를 입을까 하옵나니, 모친은 소자 나
감을 염려치 마소서."
하니 그 어미 또한 슬퍼하더라.

원래 곡산모는 본디 곡산(谷山) 기생으로 상공의 총첩(寵妾)
이 되었으니, 이름은 초란이라. 가장 교만방자하여 제 심중에
불합하면 공에게 참소하니 이러므로 가중폐단(家中弊端)이 무
수한 중, 저는 아들이 없고 춘섬은 길동을 낳아, 상공이 매양
귀히 여김을 심중에 앙앙(怏怏)하여 없이함을 도모하더니, 일일
은 흉계를 생각하고 무녀(巫女)를 청하여 가로되,

"나의 일신을 평안케 함은 이곳 길동을 없애기에 있는지라.
만일 나의 소원을 이루면 그 은혜를 후히 갚으리라."
하니 무녀 듣고 기꺼이 가로되,

"지금 흥인문(興仁門) 밖에 일등 관상녀(觀相女)가 있으니, 사
람의 상을 한번 보면 전후 길흉을 판단하나니 이 사람을 청하여
소원을 자세히 이르고 상공께 천거하여 전후사를 본 듯이 고하
면 상공이 필연 대혹(大惑)하사 그 아이를 없애고자 하시리니
그때를 타 여차여차하면 어찌 묘계(妙計) 아니리이까."

초란이 크게 기뻐하여 먼저 은자(銀子) 50냥을 주며 상자(相
者)를 청하여 오라 하니 무녀 하직하고 가니라.

---

3) 본받아 법을 삼음.

이튿날 공이 내당에 들어와 부인으로 더불어 길동의 비범함을 일컬으며, 다만 천생임을 한탄하고 정히 말씀하더니 문득 한 여자가 들어와 당하(堂下)에 문안하거늘 공이 괴이히 여겨 물어 가로되,

"그대는 어떠한 여자인데 무슨 일로 왔느뇨."

그 여자 가로되,

"소인은 관상하기로 일삼더니 마침 상공 문하(門下)에 이르렀나니이다."

공이 차언(此言)을 듣고 길동에 내사(來事)를 알고자 하여 즉시 불러 뵈니 상녀(相女)가 이윽히 보다가 놀라며 가로되,

"이 공자(公子)의 상을 보니 천고영웅(千古英雄)이요, 일대 호걸이로되 다만 지체(地體) 부족하오니 다른 염려는 없을까 하나이다."

상녀 마지못하여 좌우를 물리치고 가로되,

"공자의 상을 보온즉 흉중에 조화무궁(造化無窮)하고 미간(眉間)의 산천정기(山川精氣) 영롱하오니 짐짓 왕후(王侯)의 기상이라. 장성하면 장차 멸문지화(滅門之禍)를 당하오리니 상공은 살피소서."

공이 청파에 경아(驚訝)[1]하여 묵묵반향(默默半晌)[2]에 마음을 정하고 가로되,

"사람의 팔자는 도망키 어렵거니와 너는 이런 말을 누설치 말라."

당부하고 약간 은자를 주어 보내니라. 차후로 공이 길동을 산

---

1) 뜻밖의 말을 듣거나 일을 당해 놀라며 의심하는 것.
2) 한동안 말없이.

정(山亭)에 머물게 하고 일동(一動) 일정(一靜)을 엄숙히 살펴니, 길동이 이 일을 당하매 더욱 설움을 이기지 못하나 하릴없이 육도(六韜)[3] 삼략(三略)[4]과 천문·지리를 공부하더니 공이 이 일을 알고 크게 근심하여 가로되,

"이놈이 본디 재주 있으매 만일 범람한 의사를 두면 상녀의 말과 같으리니 이를 장차 어찌하리요."

하더라. 이때 초란이 무녀와 상자를 교통(交通)하여 공의 마음을 놀랍게 하고 길동을 없애고자 하여 천금을 버려 자객을 구하니 이름이 특재라. 전후사(前後事)를 자세히 이르고 초란이 공께 고하여 가로되,

"일전 상녀가 아는 일이 귀신같으매 길동의 내사(來事)를 어찌 처치하시려니이까? 천첩도 놀랍고 두려워하옵나니, 일찍 저를 없이함만 같지 못하리로소이다."

공이 이 말을 듣고 눈썹을 찡그려 가로되,

"이 일은 내 장중(掌中)에 있으니 너는 번거로이 굴지 말라."

하고 물리치나 심사가 자연 산란하여 밤이면 잠을 이루지 못하고 인하여 병이 된지라. 부인과 좌랑(佐郎)[5] 인형이 크게 근심하여 어떻게 할 줄 모르더니 초란이 곁에 모셨다가 고하여 가로되,

"상공 환후가 위중하심은 길동을 두심이라. 천하 소견은 길

---

3) 책 이름. 옛적 주나라 강태공이 지었다는 병서로, 그 내용이 문도(文韜)·무도(武韜)·용도(龍韜)·호도(虎韜)·표도(豹韜)·견도(犬韜)의 여섯 부문으로 되어 있고, 모두 다섯 권임.
4) 중국 한나라 사람 장양이 황석공에게서 받았다는 병서. 상략·중략·하략의 세 권으로 나누어 있음. 주나라 태공망이 지었다고 함.
5) 옛날 벼슬 이름. 육조의 당하관으로 정6품직.

동을 죽여 없애오면 상공의 병환도 쾌차하실 뿐 아니라, 문호를 보존하오리니 어찌 이를 생각지 아니하시나이까."

부인이 가로되,

"아무리 그러나 천륜(天倫)이 지중하니 차마 어찌 행하리요."

초란이 가로되,

"들자오니 특재라 하는 자객이 있어 사람 죽임을 낭중취물 (囊中取物)¹⁾같이 한다 하오니, 천금을 주어 밤에 들어가 해치우면 상공이 아시나, 하릴없사오니 부인은 재삼 생각하소서."

부인과 좌랑이 눈물을 흘리며 가로되,

"이는 차마 하지 못할 바로되, 첫째는 나라를 위함이요, 둘째는 상공을 위함이요, 셋째는 홍문(洪門)을 보존함이라. 너의 계교대로 행하라."

초란이 크게 기뻐하여 다시 특재를 불러 이 말을 자세히 이르고 말하되,

"금야(今夜)에 급히 행하라."

하니 특재 응낙하고 밤 되기를 기다리더라.

차설(且說)²⁾. 길동이 그 원통한 일을 생각하매 시각을 머물지 못할 일이로되 상공의 엄령(嚴令)이 지중하므로 하릴없이 밤이면 잠을 이루지 못하더니 차야(此夜)에 촉(燭)을 밝히고《주역 (周易)》을 잠심(潛心)³⁾하다가 문득 들으니 까마귀 세 번 울고 가거늘 길동이 괴이히 여겨 혼잣말로 이르되,

---

1) 주머니 속에서 물건 꺼내기. 곧 주머니 속에 있는 물건을 꺼내는 것처럼 쉽다는 말.
2) 옛 소설에 흔히 쓰던 술어로, 한 가지 사실을 이어 써 내려가다가 잠시 그치고, 다른 편에서 동시에 진행되는 사실을 서술하려고 할 때에 글머리에 쓰는 말.
3) 한 가지 일에 골똘하여 정신을 씀. 어떠한 사실이나 이치를 캐내려고 마음을 외곬으로 온전히 쓰는 것.

"이 짐승은 본디 밤을 꺼리거늘 이제 울고 가니 심히 불길하
도다."

하고 잠깐 팔괘(八卦)[4]를 벌여 보고 대경하여 서안(書案)을 물
리치고 둔갑법(遁甲法)을 행하여 그 동정을 살피더니 사경(四
更)[5]은 되어 한 사람이 비수(匕首)를 들고 완완(緩緩)히 방문을
열고 들어오는지라. 길동이 급히 몸을 감추고 진언(眞言)[6]을 염
(念)하니 홀연 일진음풍이 일어나며 집은 간 데 없고 첩첩한 산
중(山中)에 풍경이 거룩한지라. 특재 크게 놀라 길동의 조화가
신기함을 알고 비수를 감추어 피하고자 하더니 문득 길이 끊어
지고 층암절벽이 가리웠으니 진퇴유곡이라. 사면으로 방황하더
니, 문득 저(笛) 소리 들리거늘 정신을 차려 살펴보니, 일위(一
位) 소동(小童)이 나귀를 타고 오며 저(笛) 불기를 그치고 꾸짖
어 가로되,

"네 무슨 일로 나를 죽이려 하는가? 무죄한 사람을 해하면 어
찌 천앙(天殃)이 없으리요."

하고 진언을 염하더니 홀연 일진 흑운이 일어나며 큰 비 붓듯이
오고 사석(砂石)이 날리거늘 특재 정신을 수습하여 살펴보니 길
동이라. 비록 그 재주를 신기히 여기나,

"어찌 나를 대적하리요."

하고 달려들며 크게 외쳐 가로되,

"너는 죽어도 나를 원망치 말라. 초란이 무녀와 상자로 하여

---

4) 옛날 중국의 복희씨가 임금이 되어 나라를 다스릴 때에 만든 여덟 가지 괘를 말함.
5) 하룻밤을 다섯으로 나눈 넷째 시각. 새벽 2시 전후.
6) 불가에서 쓰는 술어. 부처의 설법한 말을 진언이라고 하지만, 세속에서는 음양·복서·
   점술에 정통한 사람이 귀신을 부르려고 할 때에 외는 주문을 일반적으로 진언이라고 함.

금 상공과 의논하고 너를 죽이려 함이니, 어찌 나를 원망하리요."

하고 칼을 들고 달려들거늘 길동이 분기를 참지 못하여 요술로 특재의 칼을 앗아 들고 크게 꾸짖어 가로되,

"네 재물을 탐하여 사람 죽이기를 좋게 여기나 너 같은 무도한 놈을 죽여 후환을 없이 하리라."

하고 한 번 칼을 드니 특재의 머리 방중(房中)에 내려지는지라. 길동이 분기를 이기지 못하여 이 밤에 바로 상녀를 잡아 특재 죽은 방에 들이치고 꾸짖어 가로되,

"네 나로 더불어 무슨 원수 있관대, 초란과 한가지로 나를 죽이려 하더냐."

하고 베니 어찌 가련치 아니하리요.

이때 길동이 양인(兩人)을 죽이고 건상(乾象)[1]을 살펴보니 은하수는 서로 기울어지고 월색은 희미하여 수회(愁懷)를 돕는지라. 분기를 참지 못하여 또 초란을 죽이고자 하다가 상공이 사랑하심을 깨닫고 칼을 던지며 망명도생(亡命圖生)[2]함을 생각하고, 바로 상공 침소에 나아가 하직을 고하고자 하더니 이때 공이 창외(窓外)의 인적 있음을 괴이히 여겨 창을 열고 보니 이 곧 길동이라. 인견(引見)[3]하여 가로되,

"밤이 깊었거늘 네 어찌 자지 아니하고 이리 방황하느냐."

길동이 복지(伏地)하고 대답하여 가로되,

"소인이 일찍 부생모육지은(父生母育之恩)을 만 분의 일이나

---

1) 천문(天文). 하늘에 나타나는 현상.
2) 죽게 된 목숨을 멀리 도망가서 살길을 구함.
3) 접견. 앞으로 가까이 오라 하여 보는 것.

갚을까 하였더니 가내에 불의지인(不義之人)이 있사와 상공께
참소하고 소인을 죽이려 하오매 겨우 목숨은 보전하였사오나,
상공을 뫼실 길 없삽기로 금일 상공께 하직을 고하나이다."
하거늘 공이 크게 놀라 가로되,

"네 무슨 변고가 있관대 어린아이 집을 버리고 어디로 가려
하느냐."
길동이 대답하여 가로되,

"날이 밝으면 자연 아시녀니와 소인의 신세는 부운(浮雲)과
같사오니 상공의 버린 자식이 어찌 방소[4]를 두리이까."
하며 쌍루(雙淚)가 종회하여 말을 잊지 못하거늘 공이 그 형상
을 보고 측은히 여겨 개유(開諭)하여 가로되,

"내 너의 품은 한을 짐작하나니 금일로부터 호부 호형함을
허하노라."

"소자의 일편지한(一片至恨)을 야야(爺爺)[5]가 풀어 주옵시니
죽어도 한이 없도소이다. 복망(伏望) 야야는 만수무강하옵소
서."
하고 재배 하직하니 공이 붙들지 못하고 다만 무사함을 당부하
더라. 길동이 또 어미 침소에 가 이별을 고하여 가로되,

"소자가 지금 슬하를 떠나오매 다시 뫼실 날이 있사오리니
모친은 그 사이 귀체를 보중하소서."
춘랑이 이 말을 듣고 무슨 변고 있음을 짐작하나 아자(兒子)
의 하직함을 보고 집수통곡(執手慟哭)하여 가로되,

---

4) 방향과 처소.
5) 아버님. '야야'는 한자를 그대로 쓴 것이지만 제대로 쓴 것은 아님. '야(爺)'의 뜻은 아
   버지를 말함이고, 야야는 할아버지를 부르는 말임.

"네 어디로 향하고자 하느냐? 한 집에 있어도 처소가 초간(超間)하여 매양 연연하더니 이제 너를 정처 없이 보내고 어찌 잊으리요. 너는 수이 돌아와 모자 상봉함을 바라노라."

길동이 재배 하직하고 문을 나서매 운산(雲山)이 첩첩하여 지향(地響) 없이 행하니 어찌 가련치 않으리요.

차설. 초란이 특재의 소식 없음을 십분 의아하여 사기(事機)를 탐지하니 길동은 간데없고 특재의 주검과 계집의 시신(屍身)이 방중에 있다 하거늘, 초란이 혼비백산(魂飛魄散)하여 급히 부인께 고한대 부인이 또한 크게 놀라 좌랑을 불러 이 일을 이르며 상공께 고하니 공이 대경실색하여 가로되,

"길동이 밤에 와 슬피 하직함을 가장 괴이히 여겼더니 이 일이 있도다."

좌랑이 감히 은휘(隱諱)치 못하여 초란의 실사(實事)를 고한대, 공이 더욱 분노하여 일변 초란을 내치고 가만히 그 시체를 없애며 노복을 불러 이런 말을 내지 말라 당부하더라.

각설(却說)[1]. 길동이 부모를 이별하고 문을 나서매 일신이 표박(漂迫)하여 정처 없이 행하더니 한 곳에 다다르니 경재절승한지라. 인가(人家)를 찾아 점점 들어가니 큰 바위 밑에 석문(石門)이 닫혀거늘 가만히 그 문을 열고 들어가니 평원광야(平原曠野)의 수백 호 인가가 즐비하고 여러 사람이 모두 잔치하며 즐기니 이곳은 도적의 굴혈(窟穴)이라.

문득 길동을 보고 그 위인(爲人)이 녹록(碌碌)치 않음을 반겨 물어 가로되,

---

1) 옛 소설에서 쓰는 술어로, 이미 벌여진 한 사실을 서술하여 일단 끝을 마치고 다시 다른 한 사실을 서술하고자 할 때에 글머리로 쓰는 말.

"그대 어떤 사람이관대 이곳에 찾아왔느뇨. 이곳은 영웅이 모였으나 아직 괴수(魁首)를 정치 못하였느니, 그대 만일 용력(勇力)이 있어 참여코자 할진대 저 돌을 들어 보라."

길동이 이 말을 듣고 다행하여 재배하고 가로되,

"나는 경성 홍판서의 천첩 소생 길동이니, 가중(家中)의 천대를 받지 아니하려 하여 사해 팔방으로 정처 없이 다니더니, 우연히 이곳에 들어와 모든 호걸의 동료 됨을 이르시니 불승감사(不勝感謝)[2]하거니와 장부가 어찌 저만한 돌 들기를 근심하리요."

하고 그 돌을 들어 수십 보를 행하다가 던지니 그 돌 무게 천근이라. 제적(諸賊)이 일시에 칭찬하여 가로되,

"과연 장사로다. 우리 수천 명 중에 이 돌 들 자 없더니 오늘날 하늘이 도우사 장군을 주심이로다."

하고 길동을 상좌에 앉히고 술을 차례로 권하고 백마(白馬) 잡아[3] 맹세하며 언약을 굳게 하니 중인(衆人)이 일시에 응낙하고 종일 즐기더라.

이후로 길동이 제인(諸人)으로 더불어 무예를 연습하여 수월지내(數月之內)에 군법(軍法)에 정제(整齊)한지라. 일일은 제인이 이르되,

"아등(我等)이 벌써 합천 해인사(海印寺)를 쳐 그 재물을 탈취하고자 하나, 지략(智略)이 부족하여 거조(擧措)[4]를 발치 못

---

2) 고마움을 이기지 못함. 너무 고마워서 어찌할 줄을 모름.
3) 흰말을 잡아서. 옛날에 중대한 맹세를 하고자 할 때에는, 흰말을 잡아 그 피를 서로 입술에 바름.
4) 행동. 어떤 행동을 하는 것.

하였더니, 이제 장군의 의향이 어떠하시니이까?"

길동이 웃으며 가로되,

"내 장차 발군(發軍)하리니 그대 등은 지휘대로 하라."

하고 청포(靑袍) 흑대(黑帶)의 나귀를 타고 종자 수인을 데리고 나가며 가로되,

"내 그 절에 가 동정을 보고 오리라."

하고 가니 완연한 재상가 자제라. 그 절에 들어가 먼저 수승(首僧)을 불러 이르되,

"나는 경성 홍판서댁 자제라. 이 절에 와 글공부하러 왔거니와, 명일에 백미 20석을 보낼 것이니 음식을 정히 차리면 너희들도 한가지로 먹으리라."

하고 사중(寺中)을 두루 살펴보며 후일을 기약하고 동구(洞口)를 나오니 제승(諸僧)이 기뻐하더라. 길동이 돌아와 백미 수십 석을 보내고 중인(衆人)을 불러 가로되,

"내 아무날은 그 절에 가 이리이리 하리니 그대 등은 뒤를 쫓아와 이리이리 하라."

하고 그날을 기다려 종자(從者) 수십 인을 데리고 해인사에 이르니 제승이 맞아 들어가니 길동이 노승(老僧)을 불러 물어 가로되,

"내 보낸 쌀로 음식이 부족치 아니하더뇨."

노승이 가로되,

"어찌 부족하리이까. 너무 황감하여이다."

길동이 상좌에 앉고 제승을 일제히 청하여 각기 상을 받게 하고 먼저 술을 마시며 차례로 권하니 모든 중들이 이에 황감하여 하더라.

길동이 상을 받고 먹더니 문득 모래를 가만히 입에 넣고 깨무니 그 소리 큰지라. 제승이 듣고 놀라 사죄하거늘 길동이 거짓 크게 노하여 꾸짖어 가로되,

"너희들이 음식을 이다지 부정케 하뇨. 이는 반드시 능멸함이라."

하고 종자에게 분부하여, 제승을 다 한 줄에 결박하여 앉히니 사중(寺中)이 황겁하여 어떻게 할 줄 모르는지라. 이윽고 대적(大賊) 수백 여 명이 일시에 달려들어 모든 재물을 다 제것 가져가듯 하니 제승이 보고 다만 입으로 소리만 지를 따름이라. 이때, 불목한이 마침 나갔다가 이런 일을 보고 즉시 관가에 고하니, 합천 원이 듣고 관군(官軍)을 조발(調發)하여 그 도적을 잡으라 하니 수백 장교(將校) 도적의 뒤를 쫓을새, 문득 보니 한 중이 송라(松蘿)[1]를 쓰고 또 장삼(長衫) 입고 묘에 올라 큰소리로 말하여 가로되,

"도적이 저 북편 소로(小路)로 가니 빨리 가 잡으소서."

하거늘 관군이 그 절 중이 가리키는 줄을 알고 풍우같이 북편 소로로 찾아가다가 날이 저문 후 잡지 못하고 돌아가니라.

길동이 제적을 남편 대로(大路)로 보내고 제 홀로 중의 복색으로 관군을 속여 무사히 굴혈로 돌아오니 모든 사람이 벌써 재물을 수탐(搜探)[2]하여 왔는지라. 일시에 나와 사례하거늘 길동이 웃으며 가로되,

"장부 이만한 재주 없으면 어찌 중인의 괴수가 되리요."

하더라. 이후로 길동이 자호(自號)를 활빈당(活貧黨)이라 하여

---

1) 중의 모자. 소나무 겨우살이로 고깔같이 만들어 머리에 쓰는 것. 흔히 여승이 씀.
2) 뒤져 냄.

조선 팔도로 다니며 각 읍 수령(守令)이 불의(不義)의 재물이 있으면 탈취하고 혹 지빈무의(至貧無依)한 자가 있으면 구제하며 백성을 침범치 아니하고 나라에 속한 재물은 추호도 범치 아니하니 이러므로 제적(除籍)이 그 의취(意趣)를 항복하더라. 일일은 길동이 제인을 모으고 의논하여 가로되,

"이제 함경 감사가 탐관오리로 준민고택(俊民膏澤)[1]하여 백성이 다 견디지 못하는지라. 우리들이 그저 두지 못하리니 그대 등은 나의 지휘대로 하라."

하고 하나씩 흘러 들어가 아무 날 밤에 기약을 정하고 남문 밖에 불을 지르니, 감사가 크게 놀라 그 불을 끄라 하니 관속(官屬)이며 백성들이 일시에 내달아 그 불을 끌새, 길동의 수백 적당이 일시에 성중에 달려들어 창고를 열고 전곡(錢穀)과 군기(軍器)를 수탐하여 북문으로 달아나니 성중이 요란하여 물 끓듯 하는지라. 감사가 불의지변(不意之變)을 당하여 어떻게 할 줄 모르더니, 날이 밝은 후 살펴보니 창고의 군기와 전곡이 비었거늘 감사 대경실색하여 그 도적 잡기를 힘쓰더니 홀연 북문에 방(榜)을 붙였으되 아무 날 전곡 도적한 자는 활빈당 행수(行首) 홍길동이라 하였거늘 감사가 발군(發軍)하여 그 도적을 잡으려 하더라.

차설. 길동이 제적(諸賊)과 한가지로 전곡을 많이 도적하였으나 행여 길에서 잡힐까 염려하여 둔갑법(遁甲法)과 축지법(縮地法)을 행하여 처소에 돌아오니 날이 새고자 하더라.

일일은 길동이 제인을 모으고 의논하여 가로되,

---

1) 백성의 기름을 짜냄. 백성의 기름을 빨아먹음.

"이제 우리 합천 해인사에 가 재물을 탈취하고, 또 함경 감영(監營)에 가 전곡을 도적하여 소문이 파다하려니와 나의 성명(姓名)을 써 감영에 붙였으니 오래지 아니하여 잡히기 쉬울지라. 그대들은 나의 재주를 보라."

하고 즉시 초인(草人)[2] 일곱을 만들어 진언(眞言)을 염하고 혼백을 붙이니 일곱 길동이 일시에 팔을 뽐내며 크게 소리하고 한 곳에 모두 난만히 수작하니 어느 것이 정길동인지 알지 못하는지라. 팔도에 하나씩 흩어지되 각각 사람 수백 여 명씩 거느리고 다니니 그중에도 정길동이 어느 곳에 있는 줄 알지 못할레라. 여덟 길동이 팔도에 다니며 호풍환우(呼風喚雨)하는 술법을 행하니 각 읍 창곡(倉穀)이 일야간(一夜間)에 종적 없이 가져가며 서울 오는 봉물(封物)을 의심 없이 탈취하니 팔도 각 읍이 소요하여 밤에 능히 잠을 자지 못하고 도로의 행인이 끊어지니 이러므로 팔도가 요란한지라. 감사(監司)가 이 일로 장계(狀啓)하니 대강 하였으되,

"난데없는 홍길동이란 대적(大賊)이 있어 능히 풍운을 짓고 각 읍의 재물을 탈취하오며 봉송(封送)[3]은 물종(物種)이 올라가지 못하여 장난이 무수하오니 복망(伏望) 성상(聖上)은 좌우 포청(捕廳)[4]으로 잡게 하소서."

하였더라. 상(上) 보시고 대경하사 포장(捕將)[5]을 명초(命招)하

---

2) 짚이나 풀로 사람 모양과 같이 만든 것. 풀로 만든 인형.
3) 봉물을 보내는 일.
4) 좌우 포도청의 줄임말. 옛날에 서울 안의 모든 치안 행정을 맡은 관청으로, 이름을 포도청이라 했고, 좌포도청과 우포도청의 두 마을을 두었으므로 둘을 함께 말할 때에는 좌우 포청이라 했음.
5) 포도대장의 줄임말.

실새 연하여 팔도 장계를 올리는지라. 연하여 뜯어 보시니 도적의 이름이 다 홍길동이라 하였고 전곡(錢穀) 잃은 일자를 보시니 한날 한시라. 상이 크게 놀라사 가로되,

"이 도적의 용맹과 술법은 옛날 치우(蚩尤)[1]라도 당치 못하리로다. 아무리 신기한 놈인들 어찌 한 몸이 팔도에 있어 한날 한시에 도적하리요. 이는 심상한 도적이 아니라 집기 어려우니 좌우 포장이 발군하여 그 도적을 잡으라."

하시니 이때 우포장 이흡이 아뢰어 가로되,

"신이 비록 재주 없사오나 그 도적을 잡으오리니 전하(殿下)는 근심 마소서. 이제 좌우 포장이 어찌 병출(倂出)[2]하오리이까."

상이 옳게 여기사 급히 발행(發行)함을 재촉하시니 이흡이 하직하고 허다 관졸(官卒)을 거느리고 발행할새 각각 흩어져 아무 날 문경으로 모임을 약속하고 이흡이 약간 포졸 수삼 인을 데리고 변복하고 다니더니, 일일은 날이 저물매 주점을 찾아 쉬더니, 문득 일위 소년이 나귀를 타고 들어와 뵈거늘 포장이 답례한대 그 소년이 문득 한숨쉬며 가로되,

"보천지하(普天之下)[3]에 막비왕토(莫非王土)요 솔토지민(率土之民)[4]이 막비왕신(莫非王臣)이라 하니, 소생이 비록 향곡(鄕曲)에 있으나 국가를 위하여 근심이로소이다."

포장이 거짓 놀라며 가로되,

---

1) 지금의 중국 하북성 일대 지방에서 매우 강성했던 나라의 임금. 그는 동방구이(東方九夷)에 속하는 족속으로, 용력이 장하며, 재주가 많아, 이웃 나라와 싸우기를 좋아했음.
2) 나란히 나감. 함께 나감.
3) 온 천하. 전 세계.
4) 온 땅의 백성. 온 나라의 백성.

"이 어찌 이름이뇨."

소년이 가로되,

"이제 홍길동이란 도적이 팔도로 다니며 장난하매 인심이 소동하오니 이놈을 잡아 없애지 못하오니 어찌 분한(憤恨)치 않으리요."

포장이 이 말을 듣고 가로되,

"그대 기골이 장대하고 언어가 충직(忠直)하니 나와 한가지로 그 도적을 잡음이 어떠하뇨."

소년이 가로되,

"내 벌써 잡고자 하나 용력 있는 사람을 얻지 못하였더니 이제 그대를 만났으니 어찌 만행이 아니리요마는 그대 재주를 알지 못하니 그윽한 곳에 가 시험하자."

하고 한가지로 행하더니 한 곳에 이르러 높은 바위 위에 올라앉으며 이르되,

"그대 힘을 다하여 두 발로 나를 쳐 내리치라."

하고 벼랑 끝에 나아 앉거늘 포장이 생각하되,

'제 아무리 용력이 있은들 한 번 차면 제 어찌 아니 떨어지리요.'

하고 평생 힘을 다하여 두 발로 밀어 차니 그 소년이 문득 돌아앉으며 가로되,

"그대 짐짓 장사로다. 내 여러 사람을 시험하되 나를 요동하는 자 없더니 그대에게 채이어 오장이 울리는 듯하도다. 그대 나를 따라오면 길동을 잡으리라."

하고 첩첩한 산곡(山谷)으로 들어가거늘 포장이 생각하되,

"나도 힘을 자랑할 만하더니 오늘 저 소년의 힘을 보니 어찌

놀랍지 않으리요. 그러나 이곳까지 왔으니 설마 저 소년 혼자라
도 길동 잡기를 근심하리요."

하고 따라가더니 그 소년이 문득 돌아서며 가로되,

"이곳이 길동의 굴혈이라. 내 먼저 들어가 탐지할 것이니, 그
대는 여기 있어 기다리라."

포장이 마음에 의심되나 빨리 잡아옴을 당부하고 앉았더니 이
윽고 홀연 산곡으로 쫓아 수십 군졸이 요란히 소리지르며 내려
오는지라. 포장이 크게 놀라 피하고자 하더니 점점 가까이 와
포장을 결박하며 꾸짖어 가로되,

"네 포도대장 이흡이냐? 우리들이 지부왕명(地府王命)¹⁾ 받아
너를 잡으러 왔다."

하고 철삭(鐵索)²⁾으로 몸을 옭아 풍우같이 몰아가니 포장이 혼
불부체(魂不附體)³⁾하여 아무런 줄 모르는지라. 한 곳에 다다라
소리지르며 꿇려 앉히거늘 포장이 정신을 가다듬어 쳐다보니
궁궐이 광대한데 무수한 황건역사(黃巾力士)가 좌우에 나열하
고 전상(殿上)의 일위 군왕이 좌탑(坐榻)에 앉아 성난 목소리로
가로되,

"네 요마필부(幺麼匹夫)⁴⁾로 어찌 홍장군을 잡으려 하는고? 이
러므로 너를 잡아 풍도 섬⁵⁾에 가두리라."

---

1) 저승 임금의 명령. 염라대왕의 명령.
2) 쇠사슬. 쇠줄. 철사.
3) 혼이 몸에 붙지 않음. 정신이 나가 얼이 빠짐.
4) '요마'는 작다는 말이요, '필부'는 가치가 없는 사나이라는 말로, 곧 '변변치 못한 놈'
   이란 뜻임.
5) 지옥. 풍도는 본래 당 이름으로, 중국 사천성에 속한 아름다운 마을이었는데, 언제부터
   인가 삼라전이란 신당이 지어지자 덧붙여 염라대왕이 사는 곳이라 여김. 그 후부터 여기
   가 곧 지옥이 있는 곳이라 하여 풍도지옥이라 일컬음.

포장이 겨우 정신을 차려 가로되,

"소인은 이간의 한미(寒微)한 사람이라. 무죄이 잡혀 왔으니 살려 보냄을 바라나이다."

하고 심히 애걸하거늘 전상에서 웃음소리 나며 꾸짖어 가로되,

"이 사람아, 나를 자세히 보라. 나는 곧 활빈당 행수 홍길동이라. 그대 나를 잡으려 하매 그 용력(勇力)과 뜻을 알고자 하여 작일에 내 청포소년(靑袍少年)으로 그대를 인도하여 이곳에 와 나의 위엄을 보게 함이라."

하고 언파(言罷)에 좌우를 명하여 맨 것을 끌러 당(堂)에 앉히고 술을 내어 권하며 가로되,

"그대는 부질없이 다니지 말고 빨리 돌아가되, 나를 보았다 하면 반드시 죄책이 있을 것이니 부디 이런 말을 내지 말라."

하고 다시 술을 부어 권하며 좌우로 명하여 내어 보내라 하니 포장이 생각하되 내가 이것이 꿈인가 상시(常時)이가 어찌하여 이리 왔으며 길동의 조화를 신기히 여겨 일어나고자 하더니 홀연 사지를 요동치 못하는지라. 괴이히 여겨 정신을 진정하여 살펴보니 가죽 부대 속에 들었거늘 간신히 나와 본즉 부대 셋이 나무에 걸렸거늘 차례로 끌러 내어 보니 처음 떠날 때 데리고 왔던 하인이라. 서로 이르되,

"이것이 어쩐 일인고. 우리 떠날 때 문경으로 모이자 하였더니 어찌 이곳에 왔는고."

하고 두루 살펴보니 다른 곳이 아니요 장안성 북악이라. 4인이 어이없어 장안을 굽어보며 하인더러 일러 가로되,

"너는 어찌 이곳에 왔느뇨."

3인이 고하여 가로되,

"소인들은 주점에서 자옵더니 홀연 풍운(風雲)에 싸여 이리 왔사오니 무슨 연고를 알지 못함이로소이다."

포장이 가로되,

"이 일이 가장 허무맹랑하니 남에게 전설(傳說)치 말라. 그러나 길동의 재주 불측하니 어찌 인력으로써 잡으리요. 우리들이 이제 그저 들어가면 필경 죄를 면치 못하리니 아직 수월(數月)을 기다려 가자."

하고 내려오더라. 차시(此時) 상(上)이 팔도에 행관(行關)[1]하사 길동을 잡으라 하시되 그 변화가 불측하여 장안 대로(大路)로 혹 초헌(軺軒)도 타고 왕래하며 혹 각 읍에 노문(路文) 놓고 쌍교(雙轎)도 타고 왕래하며 혹 어사(御史)의 모양을 하여 각 읍 수령 중 탐관오리 하는 자를 문득 선참후계(先斬後啓)[2]하되 가어사(假御史) 홍길동의 계문(啓聞)[3]이라 하니 상(上)이 더욱 진노하자 가로되,

"이놈이 각 도에 다니며 이런 장난을 하되 아무도 잡지 못하니 이를 장차 어찌 하리요."

하시고 삼공(三公)[4] 육경(六卿)[5]을 모아 의논하시더니 연하여 장계 올리니 다 팔도의 홍길동이 장난하는 장계라. 상이 차례로 보시고 크게 근심하사 좌우를 돌아보시며 물어 가로되,

---

1) 통지(通知). '관(關)'은 관문(關文) 또는 관자(關子)의 줄임말로서, 관청과 관청 사이의 보고·통지·위탁·명령 등의 공문이므로, 행관은 관문을 보낸다는 뜻임.

2) 먼저 베고 나중에 장계함. 일이 급박했을 경우 임금에게 아뢸 시간의 여유가 없으면 먼저 목을 베고 나중에 아뢴다는 말.

3) 신하가 임금에게 한 사실을 보고차 장계를 올리는 것.

4) 영의정·좌의정·우의정을 일컬음.

5) 이조·호조·예조·병조·형조·공조를 말함.

"이놈이 아마도 사람은 아니요, 귀신의 작폐니 조신(朝臣) 중 뉘 그 근본을 짐작하리요."

일인(一人)이 맨 먼저 가로되,

"홍길동은 전임 이조판서 홍모의 서자(庶子)요, 병조좌랑 홍인형의 서제(庶弟)오니 이제 그 부자를 나래(拿來)하여 친문(親問)하시면 자연 아실까 하나이다."

상이 익노(益怒)하여 가로되,

"이런 말을 어찌 이제야 하느냐."

하시고 즉시 홍모는 금부(禁府)[6]로 나수(拿囚)[7]하고 먼저 인형을 잡아들여 친국(親鞫)하실새, 천위(天威) 진노하사 서안(書案)을 쳐 가라사대,

"길동이란 도적이 너의 서제라 하니 어찌 금단(禁斷)치 아니하고 그저 두어 국가의 대환(大患)이 되게 하느뇨. 네 만일 잡아들이지 아니하면 너의 부자의 충효를 돌아보지 아니하리니 빨리 잡아들여 조선 대변(朝鮮大變)을 없게 하라."

인형이 황공하여 면관돈수(免冠頓首)[8]하고 가로되,

"신의 천한 아우 있어 일찍이 사람을 죽이고 망명도주(亡命逃走)하온 지 수년이 지나오되 그 존망(存亡)을 아옵지 못하와 신의 아비 이것으로 인하여 신병이 위중하와 명재조석(命在朝夕)이온 중 길동의 무도불측(無道不測)함으로 성상의 근심을 끼치오니 신의 죄 만사부석(萬死無惜)[9]이오니 복망(伏望) 전하(殿

---

6) 의금부의 줄임말. 지금의 고등 법원과 같음.

7) 죄인을 잡아 가두는 일.

8) 관을 벗고 머리를 조아림. 옛날에 신하가 임금 앞에서나 백성이 관장 앞에서 죄를 범했을 때는 사모나 갓을 벗고 땅에 엎드려 이마를 땅에 조아려야 했음.

9) 만 번 죽어도 아까울 것 없다는 말. 자기의 잘못을 깊이 사과하는 말.

下)는 자비지택(慈悲之澤)을 내리셔서 신의 아비 죄를 사하사 집에 돌아가 조병(調病)케 하시면 신이 죽기로써 길동을 잡아 신의 부자의 죄를 속하올까 하나이다."

상이 문파(聞罷)에 천심이 감동하사 즉시 홍모를 사하시고 인형으로 경상 감사를 제수하사 가로되,

"경(卿)이 만일 감사의 기구 없으면 길동을 잡지 못할 것이요, 일년한(一年限)을 정하여 주노니 수이 잡아들이라."

하시니 인형이 백배사은(百拜謝恩)하고 인하여 하직하며 즉일 발행(卽日發行)하여 감영에 도임하고 각 읍에 방(榜)을 붙이니 이는 길동을 달래는 방이라. 기사(其辭)[1]에 가로되,

"사람이 세상에 나매 오륜이 으뜸이요, 오륜이 있으매 인의 예지(仁義禮智) 분명하거늘 이를 알지 못하고 군부(君父)의 명을 거역하여 불충불효되면 어찌 세상에 용납하리요. 우리 아우 길동은 이런 일을 알 것이니 스스로 형을 찾아와 사로잡히라. 우리 부친이 너로 말미암아 병입골수(病入骨髓)하시고, 성상(聖上)이 크게 근심하시니 네 죄악이 관영(貫盈)한지라. 이러므로 나를 특별히 도백(道伯)[2]을 제수하사 너를 잡아들이라 하시니, 만일 잡지 못하면 우리 홍문의 누대청덕(屢代淸德)이 일조에 멸하리니 어찌 슬프지 않으리요. 바라노니 아우 길동은 이를 생각하여 일찍 자현(自現)하면 너의 죄도 덜릴 것이요 일문(一門)을 보존하리니 아지 못게라[3], 너는 만 번 생각하여 자현하라."

하였더라. 감사가 이 방을 각 읍에 붙이고 공사를 전폐하여 길

---

1) 그 사연. 그 말.
2) 감사. 도지사.
3) 알지 못하겠다. 머르겠다. 알지 못하거니와.

동이 자현하기만 기다리더니 일일은 한 소년이 나귀를 타고 하인 수십을 거느리고 원문(轅門)⁴⁾ 밖에 와 뵈옴을 청한다 하거늘 감사가 들어오라 하니 그 소년이 당상(堂上)에 올라 배알(拜謁)하거늘, 감사가 눈을 들어 자세히 보니 때로 기다리던 길동이라. 대경대회하여 좌우를 물리치고 그 손을 잡아 오열유체(嗚咽流涕)⁵⁾하며 가로되,

"길동아, 네 한번 문을 나서매 사생존망(死生存亡)을 아직 하지 못하여 부친께서 병입고황(病入膏肓)⁶⁾하시거늘, 너는 가지가지로 불효를 끼칠 뿐 아니라 국가의 큰 근심이 되게 하니 네 무슨 마음으로 불충불효를 행하며 또한 도적이 되어 세상에 비하지 못할 죄를 짓느냐? 이러므로 성상이 진노하사 나로 하여금 너를 잡아들이라 하시니 이는 피치 못할 죄라. 너는 일찍 경사(京師)⁷⁾에 나아가 천명(天命)을 순수(順受)하라."

하고 말을 마치며 눈물이 비 오듯이 하거늘 길동이 머리를 숙이고 가로되,

"천생(賤生)이 이에 이름은 부형의 위태함을 구하고자 함이니 어찌 다른 말이 있으리요. 대저 대감께서 당초의 천한 길동을 위하여 부친을 부친이라 하고 형을 형이라 하였던들 어찌 이에 이르리이까. 왕사는 일러 쓸데없거니와 이제 소제(小題)를 결박하여 경사로 올려 보내소서."

---

4) 병영의 문. 감사가 있는 관청을 감영이라 부르고, 감영의 문을 원문이라 했음.
5) 목이 메어 울며 눈물을 흘림.
6) 병이 고항에 듦. 고항은 한의학의 경혈의 이름으로, 넷째 척추골과 다섯째 척추골 사이에 있는 혈로, 이 자리에는 약도 가지 못해 만일 병이 여기에 들면 고칠 방법이 없다고 함.
7) 서울.

하고 다시 말이 없거늘 감사가 이 말을 듣고 일변 슬퍼하며 일
변 장계(狀啓)를 써 길동을 항쇄(項鎖)¹⁾ 족쇄(足鎖)²⁾하고 함거
(檻車)³⁾에 실어 건장한 장교 10여 인을 뽑아 압령하게 하고 주
야배도(晝夜倍道)하여 올려 보내니 각 읍 백성들이 길동의 재주
를 들었는지라 잡아옴을 듣고 길에 모여 구경하더라. 차시(此
時) 팔도에서 다 길동을 잡아올리니 조정과 장안 인민이 망지소
조(芒知所措)⁴⁾하여 능히 알리 없더라. 상이 놀라사 만조(滿朝)
를 모으시고 친국(親鞫)하실새, 여덟 길동을 잡아올리니 저희
서로 다투어 이르되 네가 정길동이오 나는 아니라 하며 서로 싸
우니 어느 것이 정길동인지 분간치 못할레라. 상이 괴이히 여기
사 즉시 홍모를 명초(命招)하사 가로되,

"지자(知子)는 막여부(莫如父)⁵⁾라 하니 저 여덟 중에 경의 아
들을 찾아내라."

홍공이 황공하여 돈수청죄(頓首請罪)하고 가로되,

"신의 천생 길동은 좌편 다리에 붉은 혈점(血點)이 있사오니
일로 좇아 알리로소이다."

하고 여덟 길동을 꾸짖어 가로되,

"네 지척에 임금이 계시고 아래로 네 아비 있거늘 이렇듯 천
고에 없는 죄를 지었으니 죽기를 아끼지 말라."

하고 피를 토하며 기절하니, 상이 크게 놀라사 약원(藥院)으로
구하라 하시되 차도(瘥道)가 없는지라. 여덟 길동이 이를 보고

---

1) 죄인을 단단히 잡아 가둘 때 쓰는 것으로, 목에 씌우는 널판으로 만든 칼.
2) 죄인을 단단히 잡아 가둘 때 쓰는 것으로, 발에 채우는 나무토막으로 만든 차꼬.
3) 죄인을 태우는 수레.
4) 어찌할 바를 모름. 급박한 경우를 당해 어찌할 바를 모르고 쩔쩔 매는 것.
5) 아들을 알기는 아버지만한 사람이 없음.

일시에 눈물을 흘리며 낭중(囊中)으로 좇아 환약 한 개씩 내어 입에 넣으니 홍공이 반향후(半晌後) 정신을 차리는지라.

길동 등이 상께 아뢰되,

"신의 아비 국은을 많이 입었사오니 신이 어찌 감히 불측한 행사를 하오리이까마는 신은 본디 천비 소생이라. 그 아비를 아비라 하지 못하옵고 그 형을 형이라 하지 못하오니 평생 한이 맺혔삽기로 집을 버리고 적당(賊黨)에 참예하오나 백성은 추호불범(秋毫不犯)하옵고 각 읍 수령의 준민고택(浚民膏澤)하는 재물을 탈취하였사오나 이제 10년을 지내면 조선을 떠나 가올 곳이 있사오니 복걸(伏乞) 성상은 근심치 마시고 신을 잡는 관자(關子)를 거두옵소서."

하고 말을 마치며 여덟 길동이 일시에 넘어지니 자세히 본즉 다 초인(草人)이라. 상이 더욱 놀라시며, 정길동(正吉童) 잡기를 다시 행관(行關)하여 팔도에 내리시니라.

차설. 길동이 초인을 없애고 두루 다니더니 사대문(四大門)에 방을 붙였으되,

'요신(妖臣) 홍길동은 아무리 하여도 잡지 못하리니 병조판서 교지(敎旨)를 내리시면 잡히리이다.'

하였거늘 상이 그 방문을 보시고 조신(朝臣)을 모아 의논하시니 제신(諸臣)이 가로되,

"이제 그 도적을 잡으려 하다가 잡지 못하옵고 도리어 병조판서 제수(除授)하시면 불가사문어인국(不可使聞於隣國)[6]이로소이다."

---

6) 한 가지의 사건이 너무 수치스러워 이웃 나라에 들릴 수 없음.

상이 옳게 여기사 다만 경상 감사에게 길동 잡기를 재촉하시더라. 이때 경상 감사가 엄지(嚴旨)를 보고 황공송률(惶恐悚慄)하여 어찌할 줄 모르더니, 일일은 길동이 공중에서 내려와 절하고 가로되,

"소제 지금은 정작 길동이오니 형장(兄丈)은 아무 염려 마시고 소제를 결박하여 경사(京師)로 보내소서."

감사 이 말을 듣고 집수유체(執手流涕)하며 가로되,

"이 무거(無據)한 아이야. 너도 나와 동기(同氣)거늘 부형의 교훈을 듣지 아니하고 일국(一國)이 소동케 하니 어찌 애닯지 않으리요. 네 이제 정작 몸이 와 나를 보고 잡혀가기를 자원하니 도리어 기특한 아이로다."

하고 급히 길동의 좌편 다리를 보니 과연 홍점이 있거늘 즉시 사지를 각별 결박하고 함거(檻車)에 넣어 건장한 장교 수십을 가려 철통같이 사고 풍우같이 몰아가되 길동의 안색이 조금도 변치 아니하더라. 여러 날 만에 경성에 다다르니 궐문(闕門)에 이르러니 길동이 한번 몸을 요동하매 철삭(鐵索)이 끊어지고 함거가 깨어져 마치 매미가 허물 벗듯 공중으로 오르며 표연(飄然)히 운무(雲霧)에 묻혀 가니 장교와 제군(諸軍)이 어이없이 공중만 바라보고 다만 넋을 잃을 따름이라 할 수 없어 이 연유로 상달(上達)하온데 상이 들으시고 가로되,

"천고(千古)에 이런 일이 어디 있으리요."

하시고 크게 근심하시니 제신 중 일인(一人)이 아뢰되,

"그 길동의 원이 병조판서를 한번 지내면 조선을 떠나리라 하오니 한번 제 원을 풀면 제 스스로 사은(謝恩)하오리니 이때를 타 잡음이 좋을까 하나이다."

　상이 옳게 여기사 즉시 홍길동으로 병조판서를 제수하시고 사문(四門)에 방을 붙이니라. 이때 길동이 말을 듣고 즉시 사모(紗帽) 관대(冠帶)에 서대(犀帶) 띠고 높은 초헌(軺軒)을 한가롭게 높이 타고 대로상에 완연히 들어오며 이르되 이제 홍판서 사은하러 온다 하니 병조 하속(下屬)이 맞아 호위하여 궐내(闕內)에 들어갈새, 백관이 의논하되,

　"길동이 오늘 사은하고 나올 것이니 도부수(刀斧手)를 매복하였다가 나오거든 일시에 쳐 죽이라."

하고 약속을 정하였더니 길동이 궐내에 들어가 상께 숙배하고 아뢰되,

　"소신(小臣)이 죄악이 지중하옵거늘 도리어 천은을 입사와 평생 한을 푸옵고 돌아가오나 영결전하(永訣殿下)하오니 복망(伏望) 성상은 만수무강(萬壽無疆)하소서."

하고 말을 마치며 몸을 공중에 솟아 구름에 싸이며 가니 그 가는 바를 아지 못할레라. 상이 보시고 한숨지어 탄식하여 가로되,

　"길동의 신기한 재주는 고금에 희한하도다. 제 지금 조선을 떠나노라 하였으니 다시는 작폐(作弊)할 길 없을 것이오. 비록 수상하나 일단 장부의 쾌한 마음이 있는지라. 족히 염려 없으렷다."

하시고 팔도에 사문(赦文)을 내리어 길동 잡는 공사(公事)를 거두시니라.

　각설(却說). 길동이 제 곳에 돌아와 제적(諸賊)에게 분부하되,

　"내 다녀올 곳이 있으니 여등(汝等)은 아무데 출입 말고 내 돌아오기를 기다리라."

하고 즉시 몸을 속아 남경(南京)으로 향하여 가다가 한 곳에 다다르니 이는 소위 율도국(聿島國)[1]이라. 사면을 살펴보니 산천(山川)이 청수(淸秀)하고 인물(人物)이 번성(繁盛)하여 가히 안신(安身)할 곳이라 하고 남경에 들어가 구경하며 또 제도(提島)[2]라 하는 섬 중에 들어가 두루 다니며 산천도 구경하고 인심도 살피며 다니더니 오봉산(梧鳳山)[3]에 이르러는 짐짓 제일강산(第一江山)이라. 주회(周廻) 700리요 옥야답(沃野畓)이 가득하여 살기에 정히 의합(宜合)한지라. 내심(內心)에 헤이되 내 이미 조선을 하직하였으니 이곳에 와 아직은 거하였다가 대사(大事)를 도모하리라 하고 표연(飄然)히 본 곳에 돌아와 제인더러 일러 가로되,

"그대 아무날 양천 강변에 가 배를 많이 지어 모일에 경성 한강에 대령하라. 내 임금께 청하여 정조(精粗)[4] 1천 석을 구득(求得)하여 올 것이니 기약을 어기지 말라."

하더라.

각설. 홍공이 길동이 장난 없으므로 신병이 쾌차하고 상이 또한 근심 없이 지내더니 차시(此時) 추구월 망간에 상이 월색을 띠어 후원(後園)에 배회하실새, 문득 일진청풍이 일어나며 공중으로서 옥저 소리 청아한 가운데 한 소년이 내려와 상께 복지하거늘 상이 놀라 물어 가로되,

"선동(仙童)이 어찌 인간에 강굴(降屈)하며, 무슨 일을 이르

---

1) 남양에 있는 큰 섬. 실재한 곳이 아니며 가상의 땅임.
2) 남양에 있는 섬. 가상의 땅 이름.
3) 가상의 섬인 제도에 있는 산 이름.
4) 벼. 잘 까불러 깨끗한 벼.

고자 하느뇨."

소년이 땅에 엎디어 아뢰되,

"신이 전임 병조판서 홍길동이로소이다."

상이 놀라 물어 가로되,

"네 어찌 심야에 오느냐."

길동이 대답하여 가로되,

"신이 전하를 받들어 만세를 모실까 하오나, 천비 소생이라 문(文)으로 옥당(玉堂)[5]에 막히옵고 무(武)로 선천(宣薦)[6]에 막힐지라. 이러므로 사방에 오유(遨遊)[7]하와 관부(官府)와 작폐(作弊)하고 조정(朝廷)의 득죄(得罪)하옴은 전하(殿下)가 아시게 하옴이러니 신의 소원을 풀어 주옵시니 전하를 하직하고 조선을 떠나가오니 복망(伏望) 전하는 만수무강하소서."

하고 공중에 올라 표연히 날거늘 상이 그 재주를 못내 칭찬하시더라. 이 후로는 길동의 폐단이 없으매 사방이 태평하더라.

각설. 길동이 조선을 하직하고 남경 땅 제도 섬으로 들어가 수천 호 집을 짓고 농업을 힘쓰고 재주를 배워 무고(武庫)를 지으며 군법(軍法)을 연습하니 병정양족(兵精粮足)하더라.

일일은 길동이 살촉에 바를 약을 얻으러 망당산(芒碭山)[8]으로

---

5) 홍문관 또는 홍문관의 벼슬.

6) 선전관천(宣傳官薦). 옛적 제도에 무과에 급제한 사람이 무관으로 승진하려면 천(薦)을 넘어야 하는데, 천을 넘는 데는 두 길이 있으니, 하나는 선천(宣傳官)이요, 하나는 부천(部薦)임. 선천은 양반 무관이 넘는 천이요, 부천은 지체 낮은 사람이나 서자들이 넘는 천이었음.

7) 거리낌없이 노닐다. 방랑하는 것.

8) 중국 강소성 당산현 동남쪽에 있는 산으로, 옛적에 한고조가 숨어 살던 곳으로 이름이 났음.

향하더니 낙천 땅에 이르르는, 그곳에 부자 백용이란 사람이 있으니 일찍 한 딸을 두었으되 재질이 비상하매 부모가 애중하더니 일일은 광풍이 대작하며 딸이 간데없는지라. 백용 부부가 슬퍼하며 천금(天金)을 흩어 사방으로 찾되 종적이 없는지라. 부부가 슬퍼하며 말을 펴 가로되,

"아무라도 내 딸을 찾아 주면 가산(家産)을 반분(半分)하고 사위를 삼으리라."

하거늘 길동이 그 말을 듣고 심중에 측은하기는 하나 하릴없어 망당산에 가 약을 캐며 들어가더니 날이 저문지라 주저하더니 문득 사람의 소리나며 등촉(燈燭)이 조용하거늘 그곳을 찾아가니 사람은 아니요 요괴(妖怪)들이 앉아 지저귀거늘 원래 이 짐승은 울동[1]이란 짐승이라. 여러 해를 묵어 변화가 무궁하더라. 길동이 몸을 감추고 활로 쏘니 그중 괴수(魁首)가 맞은지라. 모두 소리지르고 달아나거늘 길동이 나무에 의지하여 밤을 지내고 두루 약을 캐더니 문득 괴물 수삼 명이 길동을 보고 물어 가로되,

"그대는 무슨 일로 이 깊은 곳에 이르뇨."

길동이 답하여 가로되,

"내 의술을 알매 이 산에 들어와 약을 캐더니 그대 등을 만나니 다행하도다."

그것이 크게 기뻐하며 가로되,

"나는 이곳에 산 지 오래더니 우리 대왕이 부인을 새로 정하고 작야(昨夜)에 잔치하더니 천살(天煞)[2]을 맞아 위중한지라.

---

1) 짐승의 이름으로 무엇인지는 정확하게 알 수 없음.
2) 하늘이 내린 살. 또는 하늘이 내리 쏜 화살로 풀이할 수도 있음.

그대 명의(名醫)라 하니 선약(仙藥)으로 왕의 병을 고치면 중상
(重賞)을 얻으리라."

하거늘 길동이 혜이되,

"이놈이 작야에 상한 놈이로다."

하고 허락한대 그것이 길동을 인도하여 문밖에 세우고 들어가
더니 이윽고 청하거늘 길동이 들어가 보니 화각(畵閣)³⁾이 광려
(廣麗)한 가운데 흉악한 것이 누워 신음하다가 길동을 보고 몸
을 기동하며 가로되,

"복(僕)⁴⁾이 우연히 천살을 맞아 위대하더니 시자(侍者)의 말
을 듣고 그대를 청하였으니 이는 하늘이 살림이라. 그대는 재주
를 아끼지 말라."

길동이 사사(謝辭)⁵⁾하고 가로되,

"먼저 내치(內治)할 약을 쓰고 버거⁶⁾ 외치(外治)할 약을 씀이
좋을까 하노라."

그것이 응낙하거늘 길동이 약낭(藥囊)의 독약을 내어 급히 온
수(溫水)에 화하여 먹이니 식경(食頃)은 되어 한 소리 지르고
죽는지라. 모든 요괴 일시에 달려들거늘 길동이 신통(神通)을
내어 모든 요괴를 몰아내더니, 문득 두 소년 여자가 애걸(哀乞)
하여 가로되,

"첩 등은 요괴 아니라 인조(人曹)⁷⁾ 사람으로서 잡히어 왔사오
니 잔명(殘命)을 구하여 세상으로 나가게 하소서."

---

3) 채색한 집. 단정한 집.
4) 남에게 나를 낮추어 일컫는 말.
5) 겸사하여 사례하는 말.
6) 다음에. 버금으로.
7) 인간 세계. 사람의 세상.

길동이 백용의 일을 생각하고 거주를 물으니 하나는 백용의 딸이요 하나는 조철의 딸이라. 길동이 요괴를 소청(掃淸)하고 두 여자를 각각 제 부모를 찾아 주니 그 부모 크게 기뻐하여 즉일(卽日)에 홍생을 맞아 사위를 삼으니 제1은 백소저요, 제2는 조소저라. 길동이 일조(一朝)에 양처(兩處)를 얻고 두 집 가권(家眷)을 거느려 제도 섬으로 가니 모든 사람이 반기며 치하하더라.

일일은 길동이 천문(天文)을 보다가 놀라 눈물을 흘리거늘 제인이 물어 가로되,

"무슨 연고로 슬퍼하느뇨."

길동이 탄식하여 가로되,

"내 부모를 천상(天上) 성신(星辰)으로 안부(安否)를 짐작하더니 건상을 본즉 부친 병세 위중하신지라. 내 몸이 원처(遠處)에 있어 맞지 못할가[1] 하노라."

하니 제인이 비감(悲感)하여 하더라. 이튿날 길동이 월봉산(月峰山)[2]에 들어가 일장(一張)[3] 대지(大地)[4]를 얻고 산역(山役)을 시작하되 석물(石物)을 국릉(國陵)과 같이하고, 일척대선(一隻大船)을 준비하여 조선국 서강(西江) 강변으로 대후(待候)하라 하고 즉시 삭발위승(削髮爲僧)하여 일엽소선(一葉小船)을 타고 조선으로 향하니라.

각설. 홍판서 홀연득병(忽然得病)하여 위중한지라. 부인과 인

---

1) 미치지 못할까. 다닫지 못할까. 미처 대지 못할까.
2) 가상의 산 이름.
3) 무덤의 한 자리를 '1장'이라고 이름.
4) 크게 길한 산솟자리를 대지라고 함. 길지.

형을 불러 가로되,

"내 죽으나 무한이로되, 길동의 사생을 알지 못하니 유한이라. 제 생존하였으며 찾아올 것이니 적서(嫡庶)를 분별치 말고 제 어미를 대접하라."

하고 명이 진하니, 일가가 망극하여 치상(治喪)할새 산지(山地)를 구치 못하여 민망하더니 일일은 문리(門吏)[5] 보(報)하되,

"어떤 중이 와 영위(靈位)에 조문하려 하나이다."

하거늘 괴이히 여겨 들어오라 하니 그 중이 들어와 방성대곡하니 제인이 곡절을 몰라 면면상고(面面相顧)[6]하더라. 그 중이 상인(喪人)에게 일장통곡(一場痛哭)한 후 가로되,

"형장(兄丈)이 어찌 소제를 몰라보시나이까."

하거늘 상인이 자세히 보니 이 곧 길동이라. 붙들고 통곡하여 가로되,

"현제(賢弟)야, 그 사이 어디 갔더뇨? 부공(父公)의 생사의 유언이 간절하시매 어찌 인자의 도리리요."

하고 손을 이끌고 내당(內堂)에 들어가 모부인(母夫人)께 뵈옵고 춘랑을 상면할새 일장 통곡한 후 물어 가로되,

"네 어찌 중이 되어 다니느뇨."

길동이 대답하여 가로되,

"소자 조선을 떠나 삭발위승하여 지술(地術)[7]을 배웠더니 이제 부친을 위하여 대지(大地)를 얻었으니 모친은 물려(勿慮)하소서."

---

5) 문지기.
6) 여러 사람이 서로 말없이 얼굴만 바라본다는 뜻.
7) 땅의 길흉을 가리는 방법. 주로 집자리나 산솟자리의 길흉을 가리는 술법.

인형이 크게 기뻐하며 가로되,

"네 재주 기이한지라. 길지(吉地) 곧 얻었으면 무슨 염려 있으리요."

하고 명일 운구(運柩)하여 제 모친을 데리고 서강 강변에 이르니 길동이 지휘한 바 선척이 대후(待候)한지라. 배에 올라 살같이 저어 한 곳에 다다르니 중인(衆人)이 수십 선척을 대후한지라. 서로 반기며 호위하여 가니 거룩하더라. 어언지간(於焉之間)에 산상(山上)에 다다르니 인형이 자세히 본즉 산새 웅장한지라. 길동의 지식을 못내 탄복하더라. 산역을 마치매 한가지로 길동의 처소로 돌아오니 백씨와 조씨 존고(尊姑)[1]와 숙숙(叔叔)[2]을 맞아 뵈온 후 인형 춘랑이 못내 길동의 지식을 탄복하더라. 여러 날이 되매 인형이 길동과 춘랑을 이별하고 산소를 극진히 뫼심을 당부한 후, 산소에 하직하고 발행하여 본국에 이르러 모부인을 뵈온 후 전후 수말(首末)을 고한대 부인이 신기히 여기더라.

각설. 길동이 제전(祭奠)을 극진히 받들어 삼상(三喪)을 마치매 모든 영웅을 모아 무예를 익히며 농업을 힘쓰니 병정양족한지라. 남해중(南海中)의 율도국이란 나라가 있으니 옥야(沃野) 수천리에 짐짓 천부지국(天府之國)[3]이라. 길동이 매양 유의하던 바라. 제인을 불러 가로되,

"내 이제 율도국을 치고자 하나니 그대 등은 진심(盡心)하

---

1) 시어머니를 높여 일컫는 말.

2) 시아주버니. 시동생. 이 말은 한어(漢語)를 그대로 쓴 것이지만 옳게 쓰지 못한 말로, '숙숙'은 손아랫 시동생을 부르는 말이므로 손윗 시아주버니는 백백(伯伯)이라고 불러야 옳음.

3) 지형이 험하고, 토지가 비옥하며, 물산이 풍부한 나라를 일컬음.

라."

하고 즉일 진군할새, 길동이 스스로 선봉이 되고 마숙으로 후군장(後軍將)을 삼아 정병(精兵) 5만을 거느려 율도국 철봉산(鐵峰山)[4]에 다다라 싸움을 돋우니, 태수(太守) 김현충이 난데없는 군마(軍馬)가 이름을 보고 크게 놀라 일변 왕에게 보고하고 일지군(一枝軍)[5]을 거느려 내달아 싸우거늘, 길동이 맞아 싸워 일합에 김현충을 베고 철봉을 얻어 백성을 안무(按撫)[6]하고 정철(鄭哲)로 철봉을 지키게 하고 대군을 휘동(揮動)하여 바로 도성(都城)을 칠새 격서(檄書)를 율도국에 보내니, 하였으되,

"의병장(義兵將) 홍길동은 글월을 율도 왕에게 부치나니 대저 임금은 한 사람의 임금이 아니요, 천하 사람의 임금이라, 내 천명을 받아 기병(起兵)하매 먼저 철봉을 파하고 물밀듯 들어오니 왕은 싸우고자 하거든 싸우고 불연측(不然則) 일찍 항복하여 살기를 도모하라."

하였더라. 왕이 남필(覽畢)[7]에 놀라 가로되,

"아국(我國)이 전혀 철봉을 믿거늘 이제 잃었으니 어찌 저당(抵當)하리요."

하고 제신(諸臣)을 거느려 항복하니 길동이 성중(城中)에 들어가 백성을 안무하고 왕위에 즉(卽)한 후 율도 왕으로 의령군을 봉하고 마숙·최철로 좌우상(左右相) 삼고 기여(其餘) 제장(諸將)은 다 각각 봉작(封爵)한 후 만조백관이 천세(千歲)를 불러

---

4) 가상의 산 이름.
5) 백성의 사정을 살펴 어루만져 위로하는 것.
6) 한 부대의 군사.
7) 다 보고 나서. 보기를 마치고.

하례하더라.

왕이 치국삼년(治國三年)에 산무도적(山無盜賊)하고 도불습유
(道不拾遺)[1]하니 가히 태평세계러라. 왕이 백룡을 불러 가로되,

"내 조선 성상께 표문(表文)을 올리려 하나니 경은 수고를 아
끼지 말라."

하고 표문과 서찰을 홍부(洪府)[2]에 붙이니라. 백룡이 조선에 득
달하여 먼저 표문을 올린대 상이 표문을 보시고 이에 감탄하여
가로되,

"홍길동은 짐짓 기재(奇才)로다."

하시고 홍인형으로 위유사(慰諭使)를 삼으사 유서(諭書)[3]를 내
리오시니 인형이 사은한 후 돌아와 모부인께 연중설화(緣中說
話)를 고한대 부인이 또한 가려 하거늘, 인형이 마지못하여 부
인을 모시고 발행하여 여러 날 만에 율도국에 이르니, 왕이 나
와 향안(香案)을 배설(排設)하고 유서를 받자온 후 모부인과 인
형으로 반기며, 산소에 소분(掃墳)[4]한 후 대연(大宴)을 배설하
여 즐기더라. 여러 날이 되매 유씨 홀연득병하여 졸(卒)[5]하니
선릉(先陵)에 쌍장(雙葬)하고 인형이 왕을 하직하고 본국에 돌
아와 복명(復命)[6]하온대 상이 그 모상(母喪) 당함을 위유(慰諭)
하시더라.

---

1) 길에 떨어진 물건이라도 줍지 않음.
2) 홍씨의 집. 벼슬이 높은 사람의 집을 말할 때에 부(府)라고 함.
3) 이르는 글. 타이르는 글. 유서는 그 뜻이 대개 부드럽고 좋은 말로 간곡히 타이르는 뜻
   으로 쓴 글을 말함.
4) 벼슬을 하고 조상 산소에 가서 참배하며, 사당이나 신명에 고하는 것을 뜻함.
5) 죽음을 점잖게 일컫는 말.
6) 윗사람의 맡은 일을 다하여 마치고 돌아와 보고하는 것.

차설. 율도 왕이 삼상을 마치매 대비(大妃) 이어 기세(棄世)[7] 하매 선릉에 안장(安葬)한 후, 삼상을 마치매 왕이 3자 2녀를 생(生)하니 장자 차자는 백씨 소생이요, 삼자 차녀는 조씨 소생이라. 장자 현(現)으로 세자를 봉하고 기여(其餘)는 다 봉군(封君)하니라. 왕이 치국(治國) 30년에 홀연득병하여 붕(崩)하니 수(壽)가 72세라. 왕비 이어 붕하매 선릉에 안장한 후 세자 즉위하여 대대로 계계승승(繼繼承承)하여 태평을 누리더라.

---

8) 세상을 버림. 죽음을 점잖게 일컫는 말임.

작품 해설

조선 중기의 문신인 허균의 작품으로, 우리 나라 최초의 한글 소설이다. 이 소설은 임진왜란 뒤의 사회 제도의 결함과 부패한 정신을 개혁하려는 지은이의 혁명 사상을 작품화한 것이다.

지은이인 허균은 조선 광해군 때 사람으로, 초당 허엽의 셋째 아들이었다. 그의 두 형 악록 허성, 하곡 허봉과 누이 허난설헌 역시 허균과 더불어 문학으로 당시에 이름이 높아 멀리 중국에 까지 널리 알려졌다.

허균은 몹시 총명하고 시정(詩情)이 청신하여 당시에 견줄 사람이 없었다. 하지만 사람됨이 조급하고 경박하여 그 시대에 통념으로는 용납할 수 없는 행동을 서슴없이 하곤 했다. 그래서 여러 사람에게 도의를 모르는 난폭한 자라고 비난받았다.

그 당시는 임진왜란을 겪은 직후여서, 국민 생활은 안정되지 못했고, 조정에서는 실속 없는 당파 싸움만 치열해서 정치가 어지러웠으며, 사회가 크게 부패했다. 더구나 반상의 계급과 적서의 차별이 매우 심해 허균으로서는 세상일이 참으로 한심했을 것이다. 그는 날카로운 지성으로 현실을 깨뜨려 보겠다는 혁명 사상을 가지고 이 소설을 썼다.

홍길동은 세종조에 서울 사는 홍정승의 둘째 아들로 태어났다. 그는 시비 춘섬의 소생이었다. 길동은 어려서부터 병서와 도술에 관한 책을 탐독한 끝에 도술을 체득했으며, 훌륭한 인물이 되어 출세하고자 했다. 하지만 그는 천비 소생으로, 가족들의 멸시와 학대를 무수히 받았으며 호부호형조차 하지 못했다.

가족들은 길동의 비범한 사람됨이 장래의 화근이 될까 근심하고 길동을 없애 버리려고 했다. 이런 일을 당하자 길동은 슬픔과 분노를 억제하지 못한 채 홀연히 방랑의 길을 떠났다. 그는 정처 없이 가다가 적굴에 들어가서 힘을 시험하고 도적의 괴수가 되었다.

그 뒤로 길동은 활빈당이라 칭하고 기계와 도술로써 팔도 수령들이 백성들을 핍박하여 얻은 재물을 빼앗아 빈민에게 나누어 주었다. 하지만 백성들의 재물은 결코 범하지 않았다.

이런 일로 나라에서는 영을 내려 길동을 잡을 것을 독촉했지만, 전국에서 잡아온 길동이 여럿이어서 누가 진짜 홍길동인지 알 수 없었다. 하는 수 없이 조정에서는 길동의 소원을 들어 병조판서를 제수하여 회유하기로 했다. 길동은 천은을 감수하고 병조판서가 되었다.

하지만 길동은 곧 조선을 떠나 남경으로 향해 가다가 산수가 수려한 율도국을 발견했다. 그는 돌아와서 조정에 신청하여 백미 천 석을 얻어 가지고 3천 종당(從當)을 거느리고 가서 율도국을 점령하고 그곳의 왕이 되었다. 마침 부친이 세상을 떠났다는 부음을 듣고 조선으로 와서 부친의 삼년상을 마친 뒤 다시 율도국으로 들어가서 이상적인 왕국을 건설했다.

허균은 일찍부터 중국 소설 《수호지(水許誌)》를 좋아하여 100번이나 읽었다고 하며, 이 소설을 지을 때도 《수호지》를 본떴다고 말하는 이가 많다. 하지만 그 속에 품은 정신을 제외하면,

그 구상이나 체제에 있어 그렇다고 단정할 수 없다.

단지 끝부분에 홍길동이 율도국에 들어가 왕이 되었다는 대목은 명나라 말기의 사람인 진침이 지은 《수호후전(水許後傳)》에 혼강룡 이준이 무리를 데리고 남해로 가서 섬라국 왕이 되었다는 사실과 비슷하다.

방각본으로 경판은 30장(張), 안성판은 23장이다. 또한 이명선 장본으로 〈김길동전(金吉童傳)〉이 있지만 이 작품도 내용은 비슷하다.

작가 연보

1569년	초당 허엽의 3남 3녀 가운데 막내아들로 태어남.
1580년	허균의 부친인 허엽이 상주 객관에서 별세.
1585년	초시에 급제. 김대섭의 차녀와 결혼.
1589년	생원이 됨.
1592년	임진왜란 피난중 부인이 단천에서 첫 아들을 낳고 사망함.
1593년	최초의 시평론집《학산초담》을 지음.
1596년	강릉 부사 정구와 함께《강릉지》를 엮음.
1597년	문과 중시에 장원 급제.
1598년	황해도 도사가 되었다가 서울 기생을 끌어들였다는 탄핵을 받아 파직됨.
1602년	사예 · 사복시정을 거쳐 전적 · 수안 군수를 역임. 이 해에 원접사 이정구의 종사관이 되어 활약.
1604년	성균관 전적이 됨. 이어 수안 군수가 됨. 불교를 믿는다는 탄핵을 받아 벼슬에서 물러남.

1606년	원접사 종사관이 되어 명나라 사신인 주지번을 영접. 이때 《난설헌집》을 주지번에게 줌. 이 공로로 삼척 부사가 되었으나 염불과 참선을 한다는 탄핵을 받아 쫓겨남.
1607년	공주 목사를 역임.
1609년	명나라 책봉사가 왔을 때 이상의의 종사관이 됨. 첨지중추부사, 형조참의가 됨.
1610년	진주 부사로 명나라에 가서 우리나라 최초의 천주교 신도가 됨.
1611년	문집 《성소부부고》 64권 엮음.
1612년	우리 나라 최초의 한글 소설인 〈홍길동전〉을 지음.
1613년	예조참의를 지냄. 계축옥사에 서양갑·심우영이 처형당하자 이이첨에게 부탁하여 대북(大北)에 참여함.
1614년	호조참의, 천추사가 되어 중국에 사신으로 파견됨.
1615년	문신정시에서 1등을 하고 정2품 가정대부에 오름.

동지 겸 진주 부사가 되어 중국에 다녀옴.

1616년	정2품 형조판서에 이름.
1617년	좌참찬이 됨. 폐모론을 주장하다가 폐모를 반대하던 영의정 기자헌과 사이가 벌어짐.
1618년	남대문에 격문을 붙인 사건이 일어났는데, 허균의 심복이 붙인 것이 탄로나 저자거리에서 참형당함.

적성의전

화설. 강남에 안평국이 있으니 산천이 수려하고 옥야천리(玉野千里)요, 보화 많은고로 국부민강(國富民康)하며 의관문물(衣冠文物)이 번화하며 남방에 유명하더라. 국왕의 성은 적(狄)이니 적문공의 후예라. 치국지도(治國之道) 요순(堯舜)[1]을 효칙(效則)하매 인심이 순박하며 국태민안(國泰民安)하며 산무도적(山無盜賊)하고 야불폐문(夜不閉門)이더라. 국왕이 왕비로 동주(同住) 20여 년에 두 아들을 두었으니 장자(長子)의 명은 항의요, 차자(次子)의 명은 성의(成義)이러라. 성의의 위인이 순후하고 기골이 준수하매 왕의 부부 과애(過愛)하고 열국이 흠앙하니 항의 매양 불측한 마음으로 성의의 인효함을 시기하며 음해할 뜻을 두러라.
　차시(此時) 성의 점점 자라매 재덕(才德)이 겸비하여 요순을

---

1) 중국 고대의, 성덕이 높은 천자인 요와 순.

본받으매 왕이 성의로 세자를 붕코자 한대 만조제신이 간하여
가로되,

"자고로 국가는 장자로 세자를 봉하는 것이 옳거늘 이제 전
하 차자를 봉하여 세자를 삼고자 하심이 윤기(倫紀)를 상(傷)함
이니 불가하나이다."

왕이 침음양구(沈吟良久)[1]에 항의를 세워 세자를 봉하니라.
차시 왕비 우연 득병하여 점점 침중하여 십분 위태하매 일국이
황황하니 마침내 백약이 무효한지라. 왕이 초조하여 각 읍에 전
지(傳旨)[2]하여 명의를 구하되 무가내하(無可奈何)라. 항의는 돈
연불고(頓然不顧)[3]하고 성의는 주야로 불탈의대(不脫衣帶)하고
시탕하며 하늘께 축수하여 가로되,

"불초자 성의로 대명하고 모후의 병을 낫게 하여 주소서."
하고 축원하더니 하루는 궐문 밖에 한 도사가 뵙자고 청한다 하
거늘 왕이 듣고 도사를 바삐 부르니 도사 완연이 들어와 예필좌
정(禮畢坐定)한 후에 왕 물어 가로되,

"도사는 어디로부터 오며 무슨 허물을 이르고자 왔느뇨."

도사 공수(拱手)하여 가로되,

"빈도(貧道)가 듣사오니 왕비 병세 극중하시고 왕자 성의 효
성이 지극하시다 하옵기 왔사오니 전하는 마땅히 노로 비의 우
수(右手)를 매시고 노끝을 주시면 진맥코자 하나이다."

왕이 근시(近時)로 내전에 통하니 성의 듣고, 즉시 노를 매어
끝을 밖으로 내어 보내니 도사가 노를 잡아 진맥하고 물러나와

---

1) 입 속으로 웅얼거리며 깊이 생각함.
2) 상벌에 관한 왕지를 그 맡은 관에게 전달하는 일.
3) 조금도 돌아보는 일이 없음.

왕께 고하여 가로되,

"내전 환후(患候)를 진맥하오니 만일 일영주 아니면 회춘(回春)하기 어렵도소이다."

왕이 기로되,

"일영주가 어디 있느뇨."

도사가 크게 가로되,

"서역 청룡사에 있사오나 만일 적성의 아니면 얻지 못하리이다."

하고 팔을 들어 읍(揖)하며 옥계(玉階)에 내리더니 문득 간데 없는지라. 성의 크게 신기히 여겨 중천(中天)을 향하여 배사(拜辭)하고 부왕께 고하여 가로되,

"소자가 비록 연소하오나 서천에 가서 일영주를 얻어 올까 하나이다."

왕이 가로되,

"오아(吾兒) 효성이 지극하나 서역은 하늘가이라. 만경창파(萬頃蒼波)에 어찌 인간 선척(船隻)으로 출달(出達)하며 3천리를 어찌 건너리요. 오활(迂闊)한 말 말라."

하고, 내전으로 들어가 도사의 말을 전하니 왕비 가로되,

"허탄한 도사의 말을 듣고 서역을 어이 득달(得達)하리요. 인명(人命)이 재천(在天)이니 일영주가 어찌 사람을 살리리요. 아이는 망령된 의사(意思)를 두지 말라."

"옛날 택황산 운림처에 사는 일광로의 명으로 한 공주의 명을 구하였으니 도사의 말이 비록 허탄하나 소자가 또 신통(神通)을 얻었으니 결단코 소자가 약을 얻어 모후(母后)의 환후를 구하옵고 소자의 불효를 만분의 1이나 면할까 하나이다."

왕비 탄식하여 가로되,

"너의 효성이 지극하니 지성(至誠)이면 감천(感天)이라. 요행 약을 얻어 온들 차도(差度)를 바라리요, 너를 보내는 병중에 심려되리로다."

하니, 성의 크게 가로되,

"모후니 과려(過慮)하지 마소서. 소자의 왕환(往還)이 오래지 아니하오리니 그간 보증(保證)하옵소서."

하고, 즉시 선척을 준비하고 격군 10여 명을 데리고 떠날새 부왕과 모후께 하직하는데 왕비 가로되,

"너의 지성을 막지 못하나 어찌 주야에 의문지망(倚門之望)을 억제하리요. 다만 천우신조(天佑神助)하심을 얻어 무사히 회환(回還)함을 바라거니와 만일 불행하여 다시 못 보면 지하(地下)에 가도 눈을 감지 못하리로다."

하시고 눈물을 흘리시거늘 성의 재삼 위로하고 인하여 발행(發行)할새 동문 밖에 나와 배를 타고 순풍을 얻어 행군한 지 7일 만에 홀연 태풍이 일어나 한 섬에 다다르며 배를 머무르고 성의 물어 가로되,

"서역이 얼마나 남았느뇨."

사공이 크게 가로되,

"이 땅은 서해오니 수천 리만 가면 염조섬이 있삽고 그 섬에서 수천 리만 가오면 서천 영보산이니이다."

성의 탄식하여 가로되,

"만경창파에 동서불변(東西不變)[1]하니 언제나 서역을 득달하

---

1) 동쪽과 서쪽도 분별하지 못할 정도로 아무것도 모름.

리요."

사공 가로되,

"이곳은 소상강(瀟湘江)[2]이라. 사면이 다 산이 없거니와 약수는 하늘가이오니 1년을 간들 어찌 가를 보리이까. 헤아리건대 양진을 보오면 서천을 바라보리이다."

하고, 즉시 행선(行船)하여 한 곳에 다다르니 홀연 풍랑이 일어나며 우레 같은 소리 해중(海中)에 진동하거늘 선중 제인(船中諸人)이 망조(罔措)[3]하여 어찌할 줄 모를 즈음에 이름 모르는 짐승이 수중(水中)에서 차차 나오며 머리를 들어 입으로 물을 토하니 파도 흉용하여 비를 요동하니 격군 등이 혼비백산하여 어찌할 줄 몰라 하거늘 성의 하늘을 우러러 축수(祝手)하여 가로되,

"소자는 안평국 왕자 적성의러니 모친의 병이 위중하와 서천에 일영주를 얻으러 가오니 복원(伏願) 천지신명과 서해 용왕은 소자의 절박한 사정을 살피사 서역에 득달하여 약을 얻어 오게 하소서."

하니 그 짐승이 문득 들어가고 물결이 고요하고 천지명랑(天地明朗)하더니 홀연 일엽편주에 한 선관(仙官)이 청의홍삼(靑衣紅衫)에 봉미선(鳳尾扇)[4]을 가리고 청의동자가 선두(船頭)에서 옥적(玉笛)[5]을 청아히 불고 그 뒤를 이어 또 한 선관이 사자를 타고 백우선(白羽扇)을 쥐고 나는 듯이 지나며 한 곡조를 읊조려

---

2) 중국 호남성 동정호의 남쪽에 있는 소수와 상강의 총칭.
3) 망지소조. 어찌할 바를 모름.
4) 의장의 한 가지. 봉황새의 꽁지 모양으로 만든 부채.
5) 청옥이나 황옥으로 만들며 모양이 대금과 비슷한 취악기.

하였으되,

'태행산 높은 봉은 하늘에 닿았고 약수 엷은 물은 날짐승의 깃을 잠그도다. 망령된 저 아해는 일엽편주를 타고 어디를 향하는고.'

하거늘, 성의 슬프고 깨달아 외어 가로되,

"수상선관(水上仙官)은 길 잃은 사람을 구하여 주소서."

하니, 그 선관이 청이불운(聽而不運)하고 가거늘 성의 탄식하여 가로되,

"수상에 선관이 왕래하니 선경(仙景)이 불원(不遠)하나 누구더러 물어 보며 어디로 향하리요."

하늘을 우러러 탄식하여 가로되,

"불초 성의는 모병(母病)을 위하여 서천으로 일영주를 구하러 가오니 바라건대 길을 가르쳐 주옵소서."

하여 지성으로 애걸하니 선관이 가로되,

"나는 봉래 방장 영주를 다 구경하였으나 서천을 못 보았거늘 너 같은 조그만 속인이 약수를 어찌 건너리요. 바삐 돌아가 네 부모 얼굴이나 다시 봄이 옳을까 하노라."

성의 재배(再拜)하며 가로되,

"소자가 모친을 위하여 죽음이 원이라. 해중에 표류하여 80여 일에 종시 서천을 못 보고 죽사오면 하면목(何面目)으로 지하에 가서 부모를 뵈오리이꼬. 바라건대 하해지덕(河海之德)을 드리오사 약을 얻어 돌아가게 하소서."

하니, 파초선 탄 선관이 탄금을 물리치고 가로되,

"네 정성이 지극하도다. 나이 몇이뇨."

성의 크게 가로되,

"12세로이다."

선관이 웃으며 가로되,

"먼저 가던 선관을 보았느냐."

성의 크게 가로되,

"여러 선관이 지나시되 시이불견(視而不見)[1]하시더니 지금에
야 어진 선관을 뵈옵나이다. 소자의 소원을 이루어 주옵소서."

서관이 족히 감천한지라.

"어찌 구하지 아니하리요. 다만 속인은 약수를 못 건널 것이
니 너희 동행을 저 수면에 두고 너만 파초에 오르라."

하거늘, 성의 즉시 수면에 배를 대고 사공을 천만 당부하고 선
관을 따라갈새 선관이 부적(符籍)[2]을 주며,

"이 부적을 몸에 지니면 해중용신(海中龍神)이라도 범하지 못
하나니라."

하고 거문고를 타고 표연히 가거늘 성의 십분환희(十分歡喜)하
여 가더니 순식간에 한 곳에 다다르니,

"이곳은 서역 한 가이라. 동문에 들어가 금불보탑(金佛寶塔)
을 찾아 존자를 뵙고 지성으로 약을 구하라."

성의 가로되,

"약을 얻사온들 어찌 이곳을 찾아오며 선관이 아니 계시면
어찌하리요."

선관이 가로되,

"그는 염려 말고 정성으로 약을 구하라. 나는 봉래산 지각봉

---

1) 보기는 하지만 보이지 않음.
2) 불교나 도교를 믿는 집에서 악귀나 잡신을 쫓고 재액을 물리치기 위해 야릇한 글자를 붉
   은 글씨로 그려 붙이는 종이.

에 적송자 왕자 진엄군평 두목지와 기약을 하였기로 잠깐 다녀 일광노 선생을 뵈옵고 3일이 못하여 이곳에 와 기다릴 것이니 의심 말라."

차설. 성의 몸을 돌리어 점점 나아가며 보니 높고 높은 봉에 취람자봉(翠嵐紫鳳)이 왕래하며 기화이초(奇花異草) 처처에 무성하고 창송녹죽(蒼松綠竹)은 벽계(碧溪)하니 짐짓 별유세계(別有世界)러라. 성의 기운이 웅건청걸(雄建淸傑)하여 치운관으로 들어가니 층층대상에 황금누각은 영롱하고 옥루금전은 광장한데 70 대보탑은 벽공에 연하였고 상운향무(祥雲香霧)는 사면에 둘렀는데 8만경과 대장경 외는 소리가 귀에 사뭇더라. 성의 십분 조심하여 보탑 아래 가까이 나아가니 상좌 머리에 고깔을 쓰고 경문을 외며 나오다가 성의를 보고 합장하며 가로되,

"이곳은 서방세계라 어찌 속객이 왔느뇨."

성의 가로되,

"나는 안평국 사삼이러니 천성금불 보탑존사를 뵈오러 왔노라."

상좌 가로되,

"존사는 금강경천불대사라. 인간 육신이 이곳에 들어왔느니 그 정성을 신령이 감동함이라. 그러나 마음이 부정하면 대사를 이루지 못할 것이니 70일 재계 후에 다시 와서 대사를 뵈오라." 하거늘 성의 악연낙담(愕然落膽)하여 다시 정하여 가로되,

"속갱이 해상에 표류하여 천신만고하여 왔거늘 어찌 머물러 있사오리이꼬. 차라리 이곳에서 죽어 사부의 어여삐 여기심을 바라나이다."

상좌 가로되,

"이곳을 한번 보면 28난을 벗고 선복에 오르나니 대사가 일즉 분부하시되 명을 유시에 안평국 왕자가 올 것이니 아뢰라 하시더니 과연 그대를 이름이시라."

하고, 들어가더니 이윽고 나와 청하거늘 성의 따라 들어가니 칠층전각(七層殿閣)에 한 존사가 머리에 누른 송낙(松蘿)[1]을 쓰고 칠건 가사(袈裟)[2]를 메었으며 좌수에 금강경(金剛經)[3]을 쥐고 우수에 108 염주를 가져 경문을 외니 좌우에 늘어선 500 나한(羅漢)이 일시에 염불하더라. 성의 칠보대 아래서 재배하는데 대사 가로되,

"내 일즉 수도하여 천하 제국 중생의 선악을 듣는지라. 네 위친(爲親) 지성이 지극하여 만경창파에 천신만고하여 오늘 올 줄 알았더니 과연 오도다."

하고, 환약 한 봉을 보이며 가로되,

"이 약이 일영주니 빨리 돌아가 모환을 구하라. 너는 본디 하계(下界) 사람이 아니라 전세(前世)에 묘일성신(妙日聖神)과 혐의 있더니 금세에 형제 되어 허다한 곤액(困厄)이 있으나 필경 원한을 이루리라."

하고, 인하여 동자를 불러 구슬 같은 약 두 환을 가져다가 성의를 주며 가로되,

"이 약이 일영주니 그대 빨리 나아가라. 그간에 명(命)이 진(盡)하였을지라도 이 약을 쓰면 다시 살고 백병이 소삭하나니라."

---

1) 소나무 겨우살이로 엮어 만든, 여승이 쓰는 모자.
2) 중이 장삼 위에 왼쪽 어깨에서 오른쪽 겨드랑 밑으로 걸쳐 입는 법복.
3) 금강 반야 바라밀다경.

하고, 나아감을 재촉하거늘 성의 존사를 향하여 백배 사례하고 길을 찾아 청산벽계를 지나 내려오니 약수 가였더라. 문득 청아한 저(笛) 소리가 들리거늘 성의 바라보니 일편 백운이 떠오며 외어 가로되,

"안평국 왕자는 일영주를 얻어 오난다."

하거늘 성의 응성하고 급히 나오니 이곳 동방삭(東方朔)[1]이라. 성의 재배하여 가로되,

"선관의 지자지심(指子之心)으로 약을 얻어 오나이다."

석관이 가로되,

"그대 지성대효(至誠大孝)로 얻었음이니 어찌 내게 치하하리요."

하고, 청하야 파초선을 태우고 순식간에 해변에 다다르니 사공들이 일시에 배를 타고 나와 맞이하며 무사히 득달함을 차하하고 약 얻은 수말을 듣고 치하하며 가로되,

"우리 대군주는 짐짓 천상 신인이라."

하더라. 성의 파초선에서 내리니 선관이 파초선을 돌려 표연히 가거늘 성의 석관을 향하여 백배사례하고 인하여 배에 올라 순풍을 만나 행(行)하니라.

차설. 안평국 왕비 성의를 보내고 불승창연(不勝愴然)하여 병세가 침중한지라. 주야 체읍(涕泣)[2]하며 가로되,

"10여 세 소아(小兒)가 도사의 허탄한 말을 듣고 어미를 위하여 만리창파에 어디로 정처 없이 향하는고. 만경창파에 파도는

---

1) 한나라 무제 때의 사람. 자는 만청. 벼슬이 금마문 시중에 이르고 해학과 변설로 이름이 났음. 속설에 서왕모의 복숭아를 훔쳐 먹어 죽지 않고 장수했다고 함.
2) 눈물을 흘리면서 슬피 욺.

흉용하고 운산은 첩첩한데 하일하시(何日何時)에 회환할꼬. 한
번 떠난 후 사생존몰(死生存沒)을 모를지라. 이제는 다시 못 볼
지, 장차 이 유한을 어찌하리요."
하더라.

차시 항의 헤아리기를,

"부왕과 모후의 성의를 보오매 성의를 본디 사랑하시거늘 만
일 약을 얻어 온즉 더욱 효성을 아름다이 여길 것이요 일국이
칭복할 것이니 반드시 내게 유해(有害)하리라."
하고 왕과 후께 고하여 가로되,

"성의 서천에 가온 지가 거의 반년에 소식이 묘연(渺然)하오
니 소자가 중로(中路)에 나아가 소식을 탐지하고 혹 중로에 불
행한 일이 있사와도 소자가 서천에 가 약을 구하여 오리이다."

인하여 하직하고 선척을 준비하여 사공과 1등 무사 수십 인
을 데리고 서해로 향하여 행선 3일에 풍파를 만나 강변에 배를
머무르고 밤을 지낼 때 월색이 원근에 조용한 곳에 문득 서편으
로부터 한 척 소선이 나는 듯이 오거늘 항의 의심하여 크게 외
어 가로되,

"앞에 오는 배, 안평국 대군이 아닌가."
하거늘 성의 문득 외는 소리를 듣고 반가이 여겨 배를 돌려 접
선(接線)하고 보니 이 곧 세자라. 슬프다, 항의 불측지심(不測之
心)이 있는 줄 성의 어찌 알리요. 다만 반가움을 이기지 못하여
바삐 배에서 내려 배례하는데 항의 답례하며 가로되,

"현제 만리수로에 독행(獨行)함이 위태한고로 무왕의 명을
받자와 중로에서 맞거니와 일영주를 얻어 오는가."

성의 형의 불인지심을 모르고 일형주를 내어 주며 모후의 환

후를 물으니 항의 약을 받고 가로되,

"현제 떠난 후로 병세가 심한 모양이시매 현제 오기를 고대하였노라."

성의 가로되,

"환후 여차즉 급히 약을 쓰면 쾌복하시리이다."

하거늘 항의 문득 주중에 급히 앉으며 큰소리로 가로되,

"네 거짓 선천에 가 일영주를 얻어 오마 하고 병모(病母)를 버리고 불도에 침혹하여 돌아올 마음이 없으니 이는 천하에 불효이라. 모후가 너를 보시면 병세가 더하실지니 여등(汝等)은 빨리 물에 빠져 부왕의 명을 순수하라."

성의 이 말을 듣고 심혼(心魂)이 아득하여 묵묵 양구(良久)에 하늘을 우러러 탄식하여 가로되,

"소자 천신만고하여 반 년 만에 서천에 왕환하여 약을 얻어 옴은 모비를 위함이러니 무슨 연고로 형장(兄丈)이 여러 인명을 살해하려 하니 이런 지원(至冤)[1]함이 어디 있으며 소자 죽음은 한하지 않으나 부모를 다시 못 뵈오니 천고 무궁지한(無窮至恨)이요. 또 나로 인하여 수십 인명이 무고히 몰사하니 그 아니 가련하리요. 슬프다, 창천후토와 일월성신은 굽어살피소서."

하고, 대성통곡하니 일월이 무광하고 초목이 슬퍼하는 듯하더라. 주중 제인이 또한 성의를 붙들고 통곡하며 가로되,

"우리 수십 인이 공자를 모셔 만리창파를 득달하여 선경에 들어가 일영주를 얻어 와 내전 환후를 평복(平復)하시고 우리 중상(重賞)을 받자올까 하였더니 무고히 죽게 되니 어찌 망극하

---

1) 지원극통. 지극히 원통함.

지 아니하리요. 우리 등 소견에는 대군을 모시고 궐내에 들어가
약을 바치고 왕상 처분을 기다려 죽어도 한이 없을까 하나이
다."

하니, 항의 이 말을 듣고 크게 노하여 무사를 호령하여,

"성의와 제인을 다 죽이라."

하니, 제인 가로되,

"대군과 우리 등이 무슨 죄가 있길래 죽이려 하는고. 우리 등
이 너의 검하(劍下)에 죽는 것이 더러우니 스스로 물에 빠져 죽
거니와 너희는 후일을 안향(安享)²⁾치 못하리라."

하고, 하늘을 우러러 통곡하니 항의 더욱 분노하여 무사를 재촉
하여,

"짓치라."

하니, 무사가 일시에 칼을 들어 짓치니 격군(格軍)³⁾ 등이 성의
를 옹위하여 가로되,

"사세 여차하니 공자와 동기지간이니 지성 애걸하여 귀체를
보중하시어 우리들의 비명횡사를 위로하여 주소서."

하고, 일시에 물에 뛰어드니 산천과 금수 다 슬퍼하는 듯하더
라. 항의 무사에게 눈짓하여 성의를 죽이려 할 때 무사 중 태연
이라 하는 사람이 큰소리로 가로되,

"세자 비록 왕명을 칭하나 어찌 동기간 사정을 생각하지 아
니하느뇨. 공자는 지극한 효자시라 세자가 어찌 인정이 여차하
뇨."

하고, 칼을 들어 모든 무사를 물리치니 항의 분노하여 달려들어

---

2) 하늘에서 내린 복을 평안하게 누림.
3) 수부의 하나로, 사공의 일을 돕는 사람.

성의의 눈을 찔러 배에 업드러지매 성의 눈에 피를 흘리고 널판 한 조각을 의지하여 무변대해(無邊大海)[1]에 속절없이 흘러가니 알지 못하리라. 창천이 효자를 보전하실 듯 종말을 불지어라.

차설. 항의 배를 돌이켜 올 때 무사를 당부하여 누설치 말라 하고 금백을 많이 주어 심복을 삼고 궐내에 들어가 뵈오는데 왕과 후가 물어 가로되,

"성의의 소식을 들었느냐."

항의 큰소리로 가로되,

"소자가 배를 타고 서천을 향하여 7일 만에 약수 가에 다다르니 한 선관이 파초잎을 타고 오다가 소자를 보고 가로되, '그대 안평국 세자 아닌가' 하옵기로 소자가 대답하옵고 예필하온즉 선관이 이르되, '나는 왕자 진이러니 서천에 갔다가 안평국 왕자를 만났는데 일영주를 얻었으나 성의 외도에 뜻을 두어 삭발위승(削髮爲僧)하고 불경을 잠심하여 세사를 잊었기로 내 헤아림에 안평국 왕이 기다릴지라 마침 인간에 나아가는 역로에 전하려 가져오다가 그대를 만나니 다행이라. 그대는 성의를 생각하지 말고 약을 가져다가 바삐 쓰라' 하옵기로 받아 왔나이다."

하고, 일영주를 드리거늘 왕비 일영주를 땅에 던지고 통곡하며 가로되,

"성의는 철석지심(鐵石之心)이라 어찌 일조에 변하리요. 연일 몽사 불길하더니 이런 연고 있도다."

하고 울음을 그치지 아니하니 항의 가로되,

"성의 어린 마음에 일시 변하였사오나 나이 차오면 회심(回

---

1) 끝없이 넓은 바다.

心)하여 돌아올 것이니 과념치 마시고 약을 진어하옵소서."

왕이 또한 위로하며 약을 갈아 쓰니 왕후 정신 씩씩하고 병이 소삭한지라. 또 일환을 쓰니 정신이 쇄락(灑落)하고 사지(四肢)가 경쾌하여 백병이 일시에 물러가되 다만 성의를 생각하여 주야 비척하더라.

각설. 성의 한 조각 널을 의지하였으나 두 눈이 폐맹(廢盲)하니 불분(不分)동서 흑백이라. 다만 바람이 차면 밤인 줄 알고 일기 훈훈하면 낮인 줄 아나 만경창파에 금수(禽獸) 소리도 없는지라. 3주야 만에 널 조각 다다른 곳이 있거늘 놀라 손으로 어루만지니 이 곧 해변 암상이라. 기어올라 정신을 수습하여 바위를 의지하여 탄식하며 가로되,

"형이 어찌 이다지 불량하여 무죄한 인명을 창파중 원혼이 되게 하고 나로 하여금 이 지경이 되게 하여 부모 곁에 계시되 뵈올 길이 없게 되니 어찌 통한치 않으리요. 그러나 모친 환후 어떠하옵신지 일영주를 썼는지 알지 못하니 장차 어찌하리요. 모친이 속절없이 항천에 돌아가시도다."

하고 슬피 통곡하니 마침 이곳이 대밭이라 무성한 대 수풀이 소리를 응하거늘 울음을 그치고 생각하기를,

'무변대해(無邊大海)에 소리 어찌 나리요. 이 분명 초나라이로다.'

하고 어루만져 내리고자 할 즈음에 오작이 지저귀는 소리나며 손에 자연 집히는 실과가 있거늘 즉시 먹은즉 배부르고 정신이 상쾌한지라. 인하여 바위에 내려 죽림을 찾아가니 이는 무성한 대밭이라. 그중에 한 대 줄기를 얻으니 죽성이 요요정정하거늘 허리에 단검을 빼어 그 대를 잘라 단저를 만들어 한 곡조를 부

니 죽성이 청아하여 여원여모(如怨如慕)하매 산천이 감동하는 듯하니 이는 해상에 산선의 저(笛) 소리를 듣고 능통이 붉이라. 슬프다. 무변 죽림에서 어찌 살며 주야로 부모를 불러 호읍(呼泣)하며 단저로 심회를 붙여 1분도 형을 원망하지 아니하니 그 천성대효(天性大孝)를 천지신명이 어찌 도웁지 아니하리요.

차시 중국 사신 호승상이 안남국에 가더니 1년 만에 수로회환(水路回還)하다가 이곳에 이르러 일행을 쉬더니 추풍이 소슬하고 수파는 고요한데 죽림 속으로부터 괴이하고 처량한 소리 은은히 들리거늘 호승상이 생각하기에,

'이곳이 무이지경이니 필경 선동이 옥저를 희롱하리라.'
하고 하리(下吏)[1]를 명하여,

"저 소리를 찾아 부르라."
하는데 하리 승명(承命)하여 나와 찾으니 한 동자가 암상(岩床)[2]에 앉아 단저를 부니 소리 처량하거늘 하리 물어 가로되,

"동자 어떤 뜻이 있길래 이곳에 와 저를 부느뇨."
성의 놀라 큰소리로 가로되,

"나는 의지 없는 사람이로다."
하리 가로되,

"우리 노야 중국 사신으로 안남국에 갔다가 회환하실 때, 이곳에서 쉬더니 동자의 저 소리를 들으시고 청하라 하시기로 왔으니 같이 가자."

---

1) 각 관아에 딸린 구실아치의 통칭.
2) 암장이 지층 사이로 들어가서, 멍석 자리 모양으로 펴져 굳은 것.

고 하는데 성의 가로되,

"나는 맹인이라 촌보(寸步)를 옮기지 못하니 어찌 가 뵈오리
요."

하리 등이 불쌍히 여겨 붙들어 해변에 나아가 승상께 뵈오니
승상이 그 비범한 용모에 폐맹됨을 차탄하여 가로되,

"아깝도다, 저런 인물에 일월을 못 보는도다."

성의 재배하며 가로되,

"소자가 부모를 잃삽고 유리표박하다가 수적(水賊)을 만나
양안을 잃사옵고 겨우 잔명을 보전하여 무인 절도에 이르니 심
사가 번뇌하옵기로 우연히 단저를 붊이러니 상공이 들으심이로
소이다."

언파에 누수여우(淚水如雨)하거늘 승상이 추연(啾然)하여 가
로되,

"나이 몇이뇨."

큰소리로 가로되,

"12세로소이다."

승상이 가로되,

"네 인물을 보니 필경 안평국 인물 같으니 내 너를 이곳에 두
고 가면 필경 명을 보전치 못하리라."

하고 인하여 중국으로 데리고 가니라. 호승상 일행이 수일 만에
본국에 들어가 천자께 고하여 가로되,

"신이 중로에서 여차여차한 아이를 만나 데려 왔나이다."

천자 들으시고 불러 보시매 그 옥골선풍에 맹인됨을 차탄하
시고 물어 가로되,

"짐이 들으니 저를 잘 분다 하니 한번 듣고자 하노라."

성의 고두(叩頭)[1]하고 한 곡조를 부니 청아한 소리 짐짓 진세 음률(塵世音律)과 다른지라. 천자 칭찬하사 가로되,

"이 필경 천인이 아니라."

하시고 후원에 두시니라.

차시 황후 한낱 공주를 두었으니 명은 채란이요, 요이는 13세 라. 화용월태(華容月態)[2] 항아(姮娥)[3]가 하강한 듯하고 또한 재 기 민첩하와 시서(詩書)와 음률(音律)을 무불통지하니 왕상과 황후가 지극히 애중하시고 궁중 제인이 막불흠앙(莫不欽仰)하 더라. 공주 한가한 때면 혹 탄금도 하며 혹 후원에서 무예를 익 히며 혹 시서도 읊조리니 이 이른바 여중군자(女中君子)요 규중 호걸(閨中豪傑)이라 하더라.

차시 성의 후원에 있어 의식이 유족하나 고국 소식을 몰라 주 야 슬퍼 눈물로 세월을 보내며 가로되,

"슬프다, 만리 타국에 외로운 폐맹의 신세를 뉘라서 통하리 요. 내가 기르던 기러기가 살았는가 죽었는가. 만일 살았으며 부모의 안면(安眠)을 전하련마는 홍안(鴻雁)조차 소식이 없으니 천지앙화(天地殃禍)요 무가내하라."

하고 불승비감(不勝悲感)하며 단저로 사향곡(思鄕曲)을 부니 청 아한 소리가 벽공에 사뭇더라. 공주가 마침 월색을 띠어 시녀를 데리고 완활루에 올라 저 소리를 듣고 옥수로 현금을 타며 차탄 하여 가로되,

"기특하고 절묘하도다. 이 옥저는 왕자 진엄군평의 곡이니

---

1) 머리를 조아려 경의를 나타냄.
2) 아름다운 여자의 얼굴과 멋스러운 맵시를 이르는 말.
3) 달 속에 있다는 선녀.

필언 후원에 사람 있어 단저를 희롱하도다."

하고 시녀 벽옥을 명하여 그 소리를 찾으라 하니 벽옥이 승명하고 자운각으로부터 능파대에 올라 살피더니 후원에 한 동자 홀로 앉아 저를 슬피 불거늘 벽옥이 앞에 나아가 물어 가로되,

"선동이 심야에 자지 아니하고 단저를 희롱하느뇨."

성의 놀라 답하여 가로되,

"나는 외국 사람이라 일월을 못 보는 맹인으로 수회교집(愁懷交執)하매 마침 단저를 희롱하거니와 그대는 어떤 사람이관대 묻느뇨."

벽옥이 답하여 가로되,

"나는 공주의 시녀러니 공주가 완월루에 오르시어 그대의 저 소리를 들으시고 찾으라 하시기로 왔노라."

성의 크게 놀라 가로되,

"내 비록 맹인이나 옥주 안전에 어찌 뵈오리요. 가장 불가하도다."

하거늘 벽옥이 돌아와 그 용어와 문답 언어를 낱낱이 고하니 공주 문득 몽사를 생각하고 가로되,

"내 들으니 호승상이 안남국에 다녀오다가 해변에서 단저 부는 아이를 다려다가 후원에 두었다 하더니 과연 이 아해로다."

하고 즉시 부르라 하니 벽옥이 다시 나와 성의에게 가로되,

"옥주는 비록 심궁(深宮)에 처하시나 약간 음률을 짐작하시는고로 그대의 저 소리를 들으시고 부르심이니 사양치 말고 감이 어떠하뇨."

성의 가로되,

"나의 단저는 성생도 없이 배운 바이거늘 옥주의 분부가 여

차하시니 감은(感恩)하오나 어찌 존전에서 음률을 희롱하리요. 이는 만만불가(萬萬不可)하오니 부르시는 명을 봉승(奉承)하지 못하오매 만만 황송하온 말씀을 고하여 맹인의 일신이 편케 하여 주심을 바라나이다."

하거늘 벽옥이 그 마음이 견여반석(堅如盤石)[1]임을 알고 공주께 이대로 고하니 청파(聽罷)에 옳게 여기나 내심에 오지 않음을 미온(未穩)하여 벽옥에게 가로되,

"제 말이 유리(有理)한 듯하나 염려치 말고 오라 하여 데리고 오라."

하시니,

"청컨대 동자는 빨리 나가자."

하거늘 성의 할일없이 벽옥을 따라 완월루에 이르러 공주께 재배하니 공주 자세히 살펴본즉 비록 폐맹이 되었으나 표일한 골격이 짐짓 대장부의 기상이라. 공주 심리(心裏)에 탄복하고 시녀를 명하여 자리를 주고 거주 성명을 묻는데 큰소리로 가로되,

"소생은 죄악이 심중하와 부모를 실산하옵고 혈혈무의(孑孑無依)하와 전전유리하더니 천행으로 호승상을 만나 거두심을 입사와 의식이 무려(無慮)하오나 자연 신세를 생각하옵고 감창(感愴)하와 단저로 수회를 펴려 함이러니 의외로 옥주 부르시니 황공무지하오며 부모의 거주는 모르옵고 다만 나이는 13세로소이다."

하니 공주 감탄하여 가로되,

"일월을 보지 못함이여 이는 필연 신선이 하강하여 희로(喜

---

1) 반석과 같이 튼튼함.

怒)함이로다."

하고 가로되,

"그대 단저 소리가 가장 신기하기로 청하였더니 수고를 아끼지 말고 불라."

성의 수명하고 즉시 단저를 내어 월하에 슬피 부니 사람의 마음이 자연 감동하는지라. 공주 탄금을 그치고 감탄하여 가로되,

"그대 필연 범인이 아니로다. 곡조 재차 있으니 아는 재주를 다하라."

하는데 가로되,

"옥주 낭랑이 생의 미천함을 혐의치 않으시고 이같이 관대하시니 은혜 백골난망(白骨難忘)이라 어찌 재주를 은휘하리이꼬."

하며 손으로 난간을 치며 고시(古詩)를 음영하니 공주 산호필을 들어 화전에 쓰며 옥수로 서안을 치며 귀귀(句句) 칭찬하고 공주 옥배에 향온을 부어 주며 가로되,

"백옥이 곤산에 묻혔으나 명광을 감추지 못하나니 그대 일찍 부모를 이별하였다 하더니 이 재주를 누구에게 배웠느뇨."

성의 큰소리로 가로되,

"어려서 도인을 만나 배웠나이다."

공주 물어 가로되,

"그대 전세에 도덕이 높은고로 금세에 저런 재주를 배웠도다."

하고 사랑함을 마지아니하더니 벽옥이 큰소리로 가로되,

"옥주의 다금과 소동의 단저는 짐짓 적수로다."

하고 서로 웃기를 마지아니하더니 이윽고 누성(婁星)[2]이 진하

---

2) 28수(宿)의 열여섯 번째 별. 서쪽에서 있음.

니 공주 성의를 인도하여 보내고 침소에 돌아와 성의의 폐맹을
한탄하여 전전불매(輾轉不寐)[1]하더라. 성의 처소에 돌아와 벽옥
을 보내고 낙루 차탄하여 가로되,

"내가 공주를 보지 못하나 반드시 범인이 아니로다."

하며 더욱 본국 생각이 간절하더라. 성의 낮이면 수심으로 해를
보내고 밤이면 단저로 세월을 보내며 주야 암축하기를 부모 만
수무강하심을 축수하면서 수회가 심하면 단저로 희롱하더라.

이러구러 명년 춘절을 당하니 때는 방춘화류 시절이라. 백화
는 만발하여 나비를 머무르고 세류는 의의하여 항좌를 왕래케
하여 진실로 경개절승하더라. 차히에 처자 춘경을 사랑하시어
후원 백화정에 태평연을 배설하매 문무백관이 금포옥대를 갖추
어 정정히 모였으니 천상 선관이 봉래에 모인 듯하더라. 천자
신과 더불어 고금역대와 치국치민 지시와 방백선악을 물으시고
조용함을 인하여 부마 간선(看選)하실 일을 의논하시며 종일 즐
기실 때 호승상을 돌아보시며 가로되,

"향일 단저 불던 성의를 부르라."

하시니 승상이 수명하여 즉시 성의에게 전하니 성의 홀로 앉아
본국 일을 생각하고 탄식함을 마지않더니 홀로 상명이 나리심
을 듣고 즉시 들어와 어전에 복지하온데 황제 근시를 명하시어
가까이 좌를 주라 명하시고 자세히 보시니 옥골선풍이 빼어나
고 성음이 청아하여 황제 새로이 성의의 재주를 칭찬하시고 그
신세를 애련히 여기시니 차시 만조제신이 성의를 보고 사단(事
端)을 몰라 면면상고(面面相顧)[2]하며 알고자 하거늘 호승상이

---

1) 누워서 이리저리 뒤척거리며 잠을 이루지 못함.
2) 서로 말없이 얼굴만 물끄러미 바라봄.

성의 데려온 연유를 반열(班列)[3] 중에 말하는데 제신이 듣고 자탄하여 가로되,

"석일 해풍창이 7년 만에 눈을 떴으니 저 소동이 비범하니 타일에 필연 신기한 일이 있으리로다."

하더라. 일모 파연하매 제신이 물러가고 황제 내전에 드시어 성의의 일을 일컬으시매 애석함을 마지아니하시니 후주 가로되,

"폐하 그 소동을 애석히 여기시니 한번 보옴이 어떠하오며 또 맹인이라 무슨 허물이 있으리이까."

하시니 황제 즉시 근시로 하여금 성의를 부르라 하시니 승전이 즉시 성의를 명초하신다 하고 길을 인도하여 달려오매 황제 좌를 주시고 저를 불라 하여 한 곡조를 들으시니 그 소리 과연 비상하여 진세음률이 아니요 짐짓 선악(仙樂)이거늘 황제 물어 가로되,

"고향은 어디며 부모의 성명을 아는가."

성의 부복하여 고하여 가로되,

"13세에 부모를 잃사옵고 유리표박하였으니 거주와 부모의 성명을 모르나이다."

차시 공주 장내에 있다가 성의를 바라보니 명월이 벽공에 걸렸는 듯 씩씩하고 표표(表表)[4]한 풍채 월하에서 볼 때의 배나 더하더라. 심중에 그윽히 안폐됨을 애련하여 길이 한하더라. 황후 금은을 많이 상사하여 보내시며 안폐함을 가엾다 하시니 성의 백배사례하고 후원으로 돌아와 금은을 어루만져 체읍하며 가로되,

---

3) 품계, 즉 직품과 관계의 차례.
4) 훨씬 뛰어나게 나타나는 모양.

"금은이 여산(如山)하나 무엇에 쓰며 몸이 타국에 있어 부모 안부를 알 길이 없고 모비(母妃) 불초자를 얼마나 생각하시는 고. 몸이 본국을 떠나 서천에 가 약을 얻어 회환하다가 정성이 부족하여 불칙한 형의 독수를 만나 잔명이 타국에 유락(流落)[1]할 뿐더러 일월을 못 볼 지경을 당하니 생불여사(生不如死)[2]라. 망극할사 내 몸이여 금은이 여산한들 어디다가 쓰리요. 본국은 동남이라 두 날개 없으매 어찌하리요. 천지일월성신은 굽어살 피소서."

하고 눈물이 비오듯 흘러 전전불매하더라.

차시 공주 야심함을 인하여 옥촉을 밝히고 난간을 의지하여 시를 음영하다가 홀연 성의의 고향 사렴하는 글을 생각하고 시녀 춘난을 불러 가로되,

"성의는 외국 사람이라, 본국 생각하는 회포 간절할지니 그 아니 가련하냐."

춘난 등이 큰소리로 가로되,

"요사이 소동의 말이 왕왕 귀를 놀래더이다."

공주 탄식하여 가로되,

"내 비록 궁중 여자이나 한 번 위로코자 하니 여등의 소견은 어떠하뇨."

춘난 가로되,

"소비도 이미 헤아린 바로소이다."

하고 즉시 성의 처소에 와 불러 가로되,

"옥주 마침 잠이 없으시어 단저 소리를 듣고자 하시니 감이

---

1) 고향을 떠나 타향에 삶.
2) 극도로 곤란한 지경에 빠져 삶이 죽음만 같지 못하다는 뜻.

어떠하뇨."

성의 놀라 옷을 정제하고 춘난을 따라 옥루상에 나아오니 공주 가로되,

"우연히 그대와 더불어 음률을 화합코자 하니 비록 예의에 어긋나나 사모하는 마음이 간절하여 다시 청하여 월색에 시를 화합코자 하니 그대 즐겨할소냐."

하고 시녀를 명하여 일배 향온을 권하니 성의 술을 먹지 못하나 차마 사양치 못하여 받아먹은 후 시를 읍주하니 시에 가로되,

"일신을 만리에 유락함이여, 어느 때에 고향 생각이 없으리요. 홍안조차 무정함이여. 소식을 전하기 어렵도다. 속절없이 눈물이 흐름이여 족히 창해를 보태리로다."

하였더니 공주 재삼 음영하다가 옥수로 서안을 치며 시법이 절묘하도다 하고 공주 또한 한 수 시를 지어 화답하니 가로되,

"우연이 원객을 만나니 그 아니 연분인가. 한 곡 단저 맑은 소리 사람의 심회를 돕는도다. 만사가 임의로 못하니 다만 일배 주로 위로할 따름이라."

하더라. 공주 글을 지어 읊기를 다하매 물어 가로되,

"시는 과연 정성으로부터 난다 하니 부디 천인은 여염(閭閻)에 살고 귀인은 궁중에 생장하나니 청컨대 심사를 은휘치 말라."

성의 크게 가로되,

"그런 일이 없나이다."

공주 부답하고 단금을 가지고 나와 한 곡조를 희롱하니 소리 가장 처량하여 객회를 돕는지라, 성의 옷깃을 여미고 꿇어 고하여 가로되,

"옥주가 소생 같은 천인을 혐으치 않으시고 여차 관접(款接)하시니 은혜 태산이 가벼웁도소이다."

공주 답하여 가로되,

"그대 짐짓 기공자라. 금전옥대에 단풍시를 희롱하니 심사가 어찌 비창치 않으리요."

성의 묵묵무언이러니 문득 금계 새벽을 고하는지라. 공주 몸을 일으키며 시녀로 하여금 성의를 인도하여 보내니라. 성의 처소에 돌아와 헤아리되,

"공주는 여중군자요 규종호걸이라. 짐짓 군자의 호구(好逑)이어니와 도시 천장한 수니 어찌 인력으로 하리요. 고국을 생각하니 도로 수만 리요 나의 심회를 부칠 곳이 전혀 없으매 다만 눈물이 속절없다."

하더라.

각설. 안평국 왕비 병세가 쾌복되었으나 성의의 사생존망을 몰라 주야 슬퍼하더니 하루는 성의 있던 방에 들어가니 산호 서안에 만 권 서책은 의구하나 형용이 돈절한지라, 심회 감창하여 눈물이 하염없이 흘러 옷깃을 적시며 슬피 통곡하는데 홀연 기러기 슬피 울거늘 왕비 울음을 그치고,

"네 비록 금수이나 성의의 소식을 전코자 왔느뇨."

하고 눈물을 금치 못하더니 기러기 또 울거늘 괴이히 여겨 시녀에게 묻는데 큰소리로 가로되,

"이 기러기는 공자가 기르시던 바이라. 연전에 공자님 행시(行時)에 기러기를 쓰다듬어 경계하여 가로되, '네 나와 더불어 일시도 떠남이 없더니 내 이제 곤전 환후로 하여 만리원정에 가약을 구하여 올지라. 그간 원별을 당하매 창연한지라. 너는 모

름지기 처소를 떠나지 말고 부디 나 돌아오기를 기다리고 있으라. 만일 무슨 소식이 있거든 곧 전하라. 지금 떠나면 언제 서로 모이리요' 하시니 기러기 대답하는 듯 응하여 울거늘 공자가 등을 어루만져 가장 사랑하시고 가신 후 우금 나가지 아니하옵기로 궁녀 등이 밥을 먹이옵더니 요새 밤이면 슬피울거늘 이상하오나 내전이 초원하옵기로 낭랑이 모르심이니이다."

궁녀 등이 황소하와 머리를 숙이더라. 왕비 즉시 기러기를 어루만지며 가로되,

"네 비록 미물이나 네 임자 있는 곳을 알지니 서천에 들어가 살았느냐, 망망대해지중에 죽어 어별(魚鼈)의 밥이 되었느냐, 만일 살았거든 내 앞에서 세 번 울라."

하시니 기러기 목을 늘이어 세 번 울거늘 이에 왕비 기뻐하사 가로되,

"네 아는도다."

하시고 즉시 1봉 서찰을 쓰시며 가로되,

"네 임자가 살았거든 이 편지를 전할소냐."

기러기 세 번 머리를 조아리거늘 왕비 즉시 서찰을 기러기 다리에 매고 경계하여 가로되,

"네 두 날개로 만리를 가는 재주라 부디 이 글을 잘 전하라."

하니 기러기 세 번 소리하고 두 날개를 치며 청천에 올라 운간(雲間)으로 서북을 향하여 가는지라. 왕이 보고 기뻐하며 천우신조(天佑神助)하여 소식 듣기를 바라며 궁중 시녀들이 다 희한히 여겨 기뻐하더라. 이 말이 자연 전파하여 항의 듣고 기러기를 마저 없애지 못함을 한하며 수사에게 가만히 말하는데,

"제 비록 와룡지재(臥龍之才) 있어도 살지 못하리라."

서로 말하니 의심이 없지 아니하더라.

차시 공주 침전에 홀로 앉아 글을 외다가 사창을 열고 보니 금풍이 소슬하고 황엽이 표락하매 심사 자연 초창하여 벽옥에게 가로되,

"하절이 이미 진하고 추절을 당하매 벌써 오동잎이 떨어지니 물색이 소조하니 호화로운 사람도 심사 좋지 못하거든 하물며 만리타국에 외로운 객의 심사야 오죽 슬프리요."

하니, 벽옥이 큰소리로 가로되,

"북천의 기러기는 남으로 돌아오고 연자는 강남으로 가며 수풀 아래 국화 만발하고 벽간에 실솔(蟋蟀)[1]이 슬피우니 사람의 수회를 금치 못하거든 고국을 떠나 만리 타양에 고초(苦楚)하는 사람이야 일터 무삼하리요. 소동을 한번 청하여 외로운 심사를 위로함이 좋을까 하나이다."

하니 공주 묵언양구에 가로되,

"인정은 본디 그러하나 외간 남자를 자주 불러 봄이 예모에 손상할까 저허하노라. 그러나 네 이미 발설하였으니 청하여 오라."

벽옥이 승명하고 즉시 후원에 나가 성의를 부르니 차시 성의 잠이 깊이 들었다가 놀라 일어나 앉으며 가로되,

"뉘라서 나를 찾느뇨."

벽옥이 큰소리로 가로되,

"옥주가 그대를 청하심이라."

성의 옷을 고쳐 벽옥을 따라 금강당에 올라가니 공주 반겨 좌

---

1) 귀뚜라미.

를 주고 물어 가로되,

"그 사이 객고 어떠하뇨."

성의 큰소리로 가로되,

"천생이 성상의 하해지덕을 입사와 아직 일신이 편하나이다."

공주 시녀를 명하여 진수성찬을 내오며 향온을 권하며 상을 물리매 혹 단저도 불고 혹 단금도 희롱하며 각각 한 수 시를 지어 화답하여 서로 칭찬하더니 문득 월색이 명랑하며 홀연 동남으로부터 기러기 슬피 울며 점점 가까이 와 중천에서 금강당을 맴돌며 울거늘 공주와 좌우 시녀와 하늘을 우러러 살펴보며 심히 괴이히 여겨서 서로 볼 즈음에 성의 기러기 우는 소리를 듣고 혼백이 배월하며 생각하는데,

'이 짐승이 반드시 나의 기르던 기러기로다.'

하고 정신이 어린 듯 취한 듯하여 앉았더니 기러기는 두 날개를 펴며 점점 내려와 성의의 앞에 앉으며 목을 늘이어 슬피 울거늘 성의 그제야 쾌히 본즉 기러기 온 줄 알고 급히 두 손으로 기러기를 덥석 안고 그 등을 어루만지며 울어 가로되,

"네 이제 나를 찾아왔으니 중전께서 반드시 승하(昇遐)하시도다."

하고 언파에 엎어져 혼절(昏絶)[2]하거늘 좌우 시녀 놀라 급히 구할 때에 공주 살펴어보니 기러기 다리에 1봉서 매였거늘 바삐 끌러 본즉 피봉(皮封)에 하였으되, '안평국 국모는 아자 성의에게 부치노라.'

---

2) 정신이 혼혼하여 까무리침.

하였거늘 공주 이르되,

"기러기 다리에 1봉서가 매어 있으니 그대는 정신을 수습하면 내 떼어 읽으리니 자세히 들으라."

하고 봉서를 떼었으니 하였으되,

'모년 모월 모일에 안평국 국모는 읍혈(泣血)[1]하고 아자 성의에게 글을 부치노니 슬프고 슬프다. 네 나의 슬하를 떠난 지 거의 기년이라. 망망천지간에 어느 곳에서 죽었느냐 살았느냐. 너의 출천지효로 나의 명을 위하여 황당한 도사의 말을 듣고 부모 슬하를 떠나 만경창파에 일신을 편주에 실어 서천에 가 일영주를 얻었으니 네 효성을 하늘이 감동하심이나 너의 회정(回情)하는 소식이 없의 슬프다. 나의 아이 창파 중 어별의 밥이 되었느냐. 어느 지방에 의지하여 살았느냐, 네 형이 소식을 탐지하러 가더니 무슨 연고인지 너는 아니오고 네 형이 일영주를 가지고 와 이르되, 네 삭발위승하여 불경에 잠심하여 부모 버리고 부귀를 부운같이 여긴다 하니 그 말을 가히 준신(準信)[2]치 못하리로다. 그러나 너의 사생존몰을 모르는 중이나 일영주를 먹은 후로 백병이 구퇴하여 완인이 되었으니 너의 효성은 대순승자를 따를지라. 슬프다, 천사만량(天思萬量)하여도 네 형의 불칙한 행실은 천고에 드물지라. 너를 시기하여 노중에 불칙한 환을 만나 돌아오지 못함이냐. 월명심야(月明深夜)와 일모황혼에 망망한 천지를 부앙(府仰)[3]하여 부르짖어 울 따름이로다. 하루는 너 있던 방에 가 고적을 살피어본즉 적지않이 쌓이고 기러기 슬피 우

---

1) 어버이 상사를 당해 눈물을 흘리며 슬프게 욺.
2) 어떤 것을 의거하여 그것을 믿음.
3) 아래를 내려다봄과 위를 쳐다봄.

니 이것 네가 기르는 짐승인고로 경계하고 부탁한즉 이것이 사람의 심사를 요동케 하는지라 9만리 장천에 지향 없이 1봉서를 부치나니 행여 명천이 감동하사 소식을 천만 전할까 바라나니 기러기 회편(回便)에 답서를 볼까 축수하나 만행으로 소식을 들을진대 구천에 들어가도 한이 없을까 하노라. 만단수회(萬端愁懷)[4]를 지리히 펴고자 하나 혈루 먼저 가리니 여산약해한 말을 다 기록하지 못하고 그만 그치노라.'

하였더라. 성의 정신 차려 듣기를 다함에 가슴이 미어지고 스미는 중에 일변 반갑고 일변 처참하매 정신이 퇴락하여 바삐 일어나 배사할 때 문득 두 눈이 번개같이 뜨이니 비컨대 9년지수에 햇빛을 본 듯 7년대한에 빗발을 본 듯 침침칠야에 명월을 대한 듯 황천에서 살아온 듯 청천에 뛰어오른 듯 생시인지 몽중인지 깨닫지 못하여 도리어 어린 듯 취한 듯 정신이 황홀한지라. 좌중을 살펴본즉 한 공주 시녀를 데리고 금수석상에 단좌하였으니 옥모화용이며 천태만림이 천하절색이요 절대가인이라. 왕모가 요지(瑤池)[5]에 내림 같고 월궁 항아가 광한궁(廣寒宮)[6]에 조회하는 듯 한번 보매 정신이 황홀하고 혼백이 비월하는지라. 차시 공주 봉선(鳳扇)[7]을 들어 앞을 가리고 낭랑한 소리로 행운유수같이 듣다가 천만의외에 성의 두 눈을 떠 유정히 살펴봄을 보매 공주 혼백이 비월하고 마음이 경동하여 나삼을 들어 옥면을 가리우고 걸음을 가벼이 하여 침전으로 들어갈 때 춘난 등이

---

4) 여러 가지 근심과 회포.
5) 중국 곤륜산에 있다는 못. 주나라의 목왕이 서왕모를 만났다는 이야기로 유명한 곳.
6) 달 속에 전하고 있다는, 항아가 사는 전각.
7) 긴 자루 끝에 부채 모양을 만들고 봉황을 수놓거나 그려넣은 의장의 하나.

또한 놀라 일시에 공주를 쫓아 들어가고 다만 등촉이 없는 칠야
에 혼자 앉아 서간을 새로이 보니 안광이 명랑하여 비록 칠야라
고는 하나 글 한 자도 희미함이 없어 재삼 보아도 분명한 모친
의 친필이라. 한 번 보고 두 번 보매 비희교집하여 어떻게 할
줄 몰라 혼혼히 앉았더니 차시 공주 돌아가 춘난으로 말씀을 전
하여 가로되,

"천고에 기특하고 이상한 일이라. 치하함을 측량치 못하거니
와 그대 근본을 일정기임은 아녀자의 태도라. 그러나 이제부터
내외현격하였으매 다시 뵈올 의론은 고사하고 전일사를 생각하
오면 자괴함이 많사오나 바라건대 기체 안보하소서."

하거늘, 성의 청파에 사례하여 가로되,

"소국 천인이 옥주의 하해지덕으로 관접하심을 입사오니 그
은덕을 생각하오면 태산이 낮사옵고 하해가 얕은지라 결초보은
(結草報恩)[1]하려 하옵더니 천도가 유의하사 고목이 봉춘하고 절
처에 봉생하여 두 눈이 열리어 만물을 다시 보고 부모의 소식을
듣사오니 기쁨이 무궁하오나 자금 이후로 화산의 깊이 멀고 아
주 깊사오니 다시 뵈올 기약이 요연한지라. 창결(愴缺)[2]하옴을
어찌 다 측량하리이까. 그러나 귀체 안장하옵소서."

하고 춘난 등으로 작별하고 인하여 기러기를 안고 후원에 돌아
와 그 등을 쓰다듬으며,

"비록 미물이나 능히 만리 소식을 전하여 부왕의 기후와 모

---

1) 중국 춘주 시대에 진나라의 위무자의 아들 과가 아버지 죽은 후에 아버지의 첩을 개가시
   켜 순사(殉死)하지 않게 했더니 후에 위과가 전쟁에 나가 싸울 때에 그 서모의 아버지의
   혼이 적군의 앞길에 풀을 잡아매어 적을 넘어뜨려 위과에게 붙잡히게 했다는 고사에서
   온 말. 죽어 혼령이 되어도 은혜를 잊지 않고 갚음.
2) 몹시 서운함.

후의 환후평복하심을 알게 하니 이제 죽어도 한이 없을지라. 내 이곳에 있는 줄 어찌 알았느냐. 너 곧 아니면 내 어찌 눈을 다시 떠 일월을 보리요. 네 은혜를 3생에 다 갚지 못하리라."

하고 다시 칭찬하여 가로되,

"한무제 시절에 소무(蘇武)[3]는 노나라에 사신으로 갔다가 북해에 갇힌 지 9년이 되매 기러기 발에 글을 매어 상림원에 소식을 통하여 본즉 돌아감을 얻었으니 아마도 백안(白雁)의 후신이 너로다."

하고 이 밤이 새기를 기다리더라. 춘난이 성의의 답인을 들어다가 공주에게 고하며 서로 참괴(慙愧)하여 하는 중 성의의 일을 일컬어 괴이히 여기고 희한함을 일러 흠선하는 중 공주는 내렴에 결연함을 이기지 못하더라. 이윽고 날이 밝으매 성의 기러기를 안고 호승상 집에 나아가 승상께 뵈오니 승상이 크게 놀라 급히 그의 손을 잡고 물어 가로되,

"어찌하여 일조(一朝)에 양안(兩眼)이 밝았느냐."

성의 자초지종을 비로소 자세히 고하니 승상이 듣기를 다하고 신기히 여겨 희색을 띠어 가로되,

"만고에 희한한 일이다."

하고 즉시 궐내에 들어가 파조(罷朝) 후 성의의 눈 뜬 사연과 안평국의 왕자로 고초하던 수말을 자세히 아뢰니 천자가 들으시고 또 괴이히 여겨 성의를 바삐 부르라 하니 호승상이 승명하며 하리를 명하여,

"천자의 명초(命招)하심을 전하고 즉시 입궐하라."

---

3) 중국 전한의 충신. 자는 자경. 무제 때 흉노에 사신으로 갔다가 억류된 지 19년 만에 귀국했는데, 절개를 굳게 지킨 공으로 전속국에 임명되었음.

하니 하리 승상부에 나아가 전하니 성의 이 말을 듣고 즉시 의복을 정제하고 하리를 따라 입궐하여 옥계 하에 복지하오니 천자 인견하사 그 손을 잡으시고 가로되,

"네 근본이 천상선동으로 진세에 내려와 맹인이 되야 인간을 희롱함이로다."

하시고 승상을 돌아보사 가로되,

"경의 지인지감(知人之鑑)[1]은 자못 타인이 미치지 못할지라."

하시고,

"아직 성의를 경의 집에 두어 입신양명하게 하여 짐의 동량지신(棟樑之臣)[2]이 되게 하라."

하시고 인하여 내전에 들어가사 희색이 만면하시니 황후 물어 가로되,

"폐하 오늘 무슨 좋은 일이 있나이까."

천자 가라사대,

"전일 단저 불던 소동이라. 호승상이 안남국에 사신 갔다가 회로시에 해상에서 데려온 아이니 비록 아름다우나 다만 두 눈을 감았는고로 매양 아끼더니 이제 두 눈을 떠서 다시 일월을 보고 그 근본이 안평국 왕자로서 여차하여 기특하고 이상한 일이 천고에 드물지라 무슨 의심이 있으리요."

하니 황후 또 기뻐하시어 다시 불러 봄을 청하거늘 상이 사관을 보내어 성의를 부르니 성의 입궐 사은하여 배알(拜謁)[3]하는데 황후 이윽히 보시다가 칭찬하여 가로되,

---

1) 사람을 잘 알아보는 감식.
2) 한 집, 또는 한 나라를 맡아 다스릴 만한 신하.
3) 높은 어른께 뵘.

"명월이 구름을 헤치고 광일이 안개를 벗어남 같도다."

하시고, 금은 채단을 많이 상사하시니 차시 공주가 금강당에서 작별한 후, 피차 소식이 막힘을 한하더니 문득 황후 낭랑이 소동을 불러 보심을 듣고 춘난을 데리고 황후 침전에 들어가 주렴(珠簾) 사이로 본즉 관옥(冠玉) 같은 얼굴이 엄정 씩씩하고 양안이 화경 같아 사천정기를 거두었으니 당당한 골격이 짐짓 일대 호걸이요 만고영웅이라. 한번 보매 새로이 반갑고 심리에 낙락하나 전일 자기의 지내던 일을 생각한즉 자괴지심(自愧之心)[4]을 못내 일컫더라. 차시 상이 황후로 동좌하사 성의와 문답하실 때 시저백가에 무불통지하고 언사가 청숙하니 상과 후 만심환희하시고 호승상에게 잘 거둠을 부탁하시니라. 승상이 성의를 데려다가 후원 서당에 두고 지극 애중하여 극진히 공경하여 존빈으로 대접하니 성의 풍채 일일 배승하며 문장이 하해 같아 귀신을 놀래고 필법은 손을 들매 용사(龍蛇)를 희롱하니 천지간에 남자이라. 보는 사람이 흠양치 않은 이 없더라. 승상이 또한 아들이 없고 다만 1녀를 두었으되 이름은 옥난이라. 하루는 승상이 부인을 대하여 가로되,

"우리 노래(老來)에 한낱 자식이 없고 다만 여식뿐이라. 택서(擇壻)하기를 빨리하매 마침내 구하지 못하니 장차 여아의 혼사와 우리 부부의 고혼을 어찌하리요."

하면서, 눈물을 흘리는지라. 부인이 무류히 퇴좌하여 가로되,

"상공의 은덕으로 첩을 존문에 용납케 하신 은혜 백골난망이오며 근간에 듣사오니 후당에 있는 서동이 안평국 왕자요 겸하

---

4) 스스로 부끄럽게 여기는 마음.

여 용모 출중하고 문필이 유려하며 재주 과인하다 하니 여아의 혼사를 정하와 우리 후사를 전하옴이 좋을까 하나이다.”

승상이 탄식하여 가로되,

“그 소년이 당당한 왕자의 기상이요 또 안평국 왕자요, 우리 여아는 한낱 군자의 배필이 될 기상이요, 이제 공주의 연광이 15세이니 성의에 흠연하사 당당이 간백에 뽑힐지라. 향일에 궁인의 전언을 들은즉 공주의 현숙함이 전일 영양공주에 지난다 하니 이는 성의에게 정한 배필이라 어찌 의론하리이꼬.”

부인이 청파에 황연히 깨닫더라.

차설. 황제 춘추 놓으시매 매양 후사 없음을 한탄하시더니 하루는 황후가 일몽을 얻으시고 과연 그달부터 태기가 있으사 10삭 만에 생남(生男)하시니 천자 크게 기뻐하시고 만조백관이며 전국인민이 다 기뻐함이 비할 데 없어 거리거리 경축하는 노래 천지 진동하더라. 황제 만심환희하사 경과를 뵈실 때 호승상이 성의의 입장함을 권하거늘 성의 장중에 들어가 현제판(懸題板)[1]을 바라보니 강구에 문동요라 하였거늘 성의 용연에 먹을 갈아 일필휘지하여 일천이 선장(先場)[2]하였더니 천자 성의의 글을 보시고 칭찬하시며 장원을 하이시니 만조제신이 또한 그 문필을 찬양하며 만세에 득이하심을 칭하더라. 차시 성의 시축을 선천에 바치고 두루 다니며 구경하더니 전두관이 호명하여 가로되,

“금방(金榜) 장원은 적성의라.”

하거늘, 성의 만인 청중을 헤치고 옥계에 축진하온대 상이 인견

---

1) 과거 때 글제를 내거는 널빤지.
2) 과거에 급제한 사람의 이름을 서서 길거리에 붙이는 글.

사주하시고 즉시 한림학사를 제수하시니 한림이 천은을 축사하는데 천자가 어악(御樂)[3]과 청동싸개를 사급(賜給)하시고 신래(新來)[4]를 부르사 수삼차 진퇴를 시키시니 성의 더욱 천은을 황감하여 머리에 어사화(御史花)를 꽂고 몸에 청라의를 입고 은안백마(銀鞍白馬)에 앉아 궐문에 나오니 이원풍악이며 청동 쌍개 저차후옹하여 승상 부중에 돌아올 때 승상 하리 장원을 옹위하여 대로상으로 나오니 도로 관광자가 책책 칭선하며 딸 둔 자마다 유의치 않는 이 없더라. 한림이 승상부에 이르러 승상께 뵈오는데 승앙의 크게 기뻐함은 일필난기(一筆難記)[5]더라. 한림이 비록 영귀하나 경사를 고할 곳이 없어 눈물이 옷깃을 적시더라.

차시 공주 적공자의 급제함을 심리에 암희하더라. 상이 적한림의 재질이 빼어남을 보시고 부마를 유의하사 적한림을 명초하여 돈유하사 가로되,

"짐이 한 딸이 있으니 비록 임사의 덕이 부족하나 군자의 건즐(巾櫛)[6]을 소임할지라. 이제 경으로써 부마를 정하니 사양치 말라."

하시는데 한림이 내심에 크게 기뻐하나 거짓 사양하여 복지하여 고하여 가로되,

"신이 외국 인물로 위인이 노둔하고 명되 천박하옵거늘 성의 융성하와 하해지택(河海之澤)을 입사와 일신이 영귀하옵거늘 갈수록 성은이 융숭하와 하교 여차하시니 신이 손복하올지라.

---

3) 궁중에서 어전 앞에 아뢰는 아악.
4) 과거에 급제한 후 새로 임관되어 처음 관아에 종사하는 사람.
5) 한 붓으로 이루 기록할 수 없음.
6) 수건과 빗. 얼굴을 씻고 머리를 빗음.

복원 폐하는 신의 구구한 사정을 살피사 부마교지를 거두시고 신의 외로운 몸을 편케 하시면 결초보은하와 국은을 만분의 1이나 갚삽고자 하나이다."

상이 불윤(不允)하고 가라사대,

"경은 너무 사양치 말라."

하시니 한림이 더욱 황공하여 성은을 축사하니 복이 손할까 측척 불안하여 몸둘 바를 알지 못하거늘 상이 크게 기뻐하사 천관에 택일하라 하시니 날짜가 불과 1순이 격하였는지라. 한림이 할 수 없어 승상부에 돌아와 승상을 뵈옵고 설화를 고할 때 성의 군으심과 승상의 후덕을 칭송하여 누수 종횡하는지라. 승상이 위로하여 가로되,

"차역(此亦) 천수(天數)요, 또한 그대 몸이 영귀할 때니 이제는 고국 부모를 뵈옵기가 쉬울지라. 심중에 기뻐함이 가하거늘 도리어 비창함은 불가하도다."

하고 만단 위로하더라. 한림이 서실에 돌아와 부모를 생각하고 마음을 진정치 못하더라. 상이 내전에 드시어 성의로 부마 정한 말씀이며 길일이 1순을 격하였음을 황후에게 말씀하시니 후 또한 크게 기뻐하사 굴지계일(屈指計日)하시더라.

이러구러 길일이 다다르매 한림이 위의를 갖추어 전안지례(奠雁之禮)를 행하매 신랑 신부의 풍채가 차등이 없어 왕모 요지연에서 잔치함과 같더라. 날이 저물매 불을 밝혀 동방에 나아가 원앙금침에 운우지락을 이르니 무산낙포라고 이에 더하지 못할러라. 명조에 황상께 조현하는데 상과 후가 새로이 무애하시더라. 3일 후 한림과 공주 승상 부중에 나아가 뵈니 승상이 답례하고 좌정 후 부인이 하례하여 가로되,

"귀주 금지옥엽으로 인연이 있사와 누지에 옥림하시니 광채 배승하여이다."

공주 공경 사사할 뿐이러라. 종일 잔치하고 날이 저물매 공주 궁으로 돌아가니라. 이러구러 수삭이 지나매 부마 공주를 대하여 추연낙루하여 가로되,

"복이 타국인이로되 귀국에 들어와 용문에 현달하고 겸하여 천은이 망극하여 부마 되니 일신이 영귀하나 부모를 생각하매 망극하온지라. 어찌하면 본국에 돌아가 부친을 뵈오리요."

하고 눈물을 흘리거늘 공주 염용 큰소리로 가로되,

"첩이 군자를 따름이 여필종부 떳떳한 일이라. 황상께 주달하여 수삭 말미를 얻어 드리이다."

하고 공주 입궐하여 황상께 고하여 가로되,

"부마 이친(離親)한 지 오래오매 사모하옴이 간절하온지라 신이 또한 고구(姑舅)께 현알하고자 하오니 수삼 삭 말미를 허하소서."

상이 가라사대,

"경의 부부 근친코자 하니 이는 당연한 일이라. 짐이 어찌 막으리요."

하시는데 부마 부부 사은 후 양전께 하직하고 승상 부부께 하직한 후 발행할새 천자 하교하사 군관 수십 인파 군 1척과 명장 1인을 차정하여 주시고 사자를 먼저 보내사 전후 수말을 안평국에 통하나니라. 인하여 순풍을 만나 행선하매 빠르기가 살같아 여러 날 만에 전일 죽림에 다다르매 자연 비감하여 나아가 죽림에 사례하고 수일을 행하여 전일 곤액을 만났던 곳에 다다라 제문을 지어 격군의 고혼을 위로하실 때 그 문(文)에 가로되,

'유세차 모년 모월 모일에 부마 도위 적 성의는 통곡하고 모든 격군의 고혼을 위로하나니, 오희라, 그대 등으로 수남리 고행을 지내고 이곳에 이르러 원억(冤抑)이 참사하니 어찌 슬프지 않으리요. 수연이나 도시 천수라 남을 원망하지 말고 좋은 귀신이 되어 향화를 받으라. 나는 천추신조하여 일신이 영귀히 되어 돌아오니 어찌 그대 등의 도움이 아니리요. 마땅히 그대 등의 자손을 채용하리니 신령은 안심 흠향하라.'

하고 읽기를 다하매 일장을 통곡하니 수운이 참담하더라. 부마 인하여 배를 재촉하여 호호탕탕이 행하니라.

선시에 기러기 발에 서찰을 매고 여러 날 날라 본국에 다다르니 차시 왕비 성의를 생각하고 청천만 바라보더니 홀연히 기러기 슬피 울고 날아와 앉거늘 자세히 보니 안족에 서신을 매었거늘 즉시 끌러 보니 이 곧 성의의 필적이러라. 서중사가 참담하고 전후 수말이 지장에 그렸더라. 왕비 보기를 다하매 흉금이 막히고 기운이 저상하여 기러기를 붙들고 대성통곡하니, 차시 항의 울음소리를 듣고 크게 놀라 생각하되, '성의 만일 살아 돌아오면 본색이 탄로되리라' 하고 심복 무사 부패를 불러 여차여차하라 하니 부패 등이 응낙하고 가니라. 차시에 계홍 감사가 장계(狀啓)[1]를 올렸거늘 왕이 보시니, '대국 부마 적성의와 공주 일행이 나아가니 착실히 대접하라' 한 것이요 또한 여러 해만에 부자상봉하는 치하하며 천사를 간선한 서찰이러라. 왕이 답필에 크게 기뻐하여 즉시 내전에 들어가 비를 대하여 수말을 설화하고 일회일비함을 마지아니하더라. 왕이 제신을 모으고

---

1) 지방 감사의 명령 또는 왕명으로 지방에 파견된 관원이 왕에게 서면으로 보고하는 계본.

사신을 맞아 별궁에 관대하시고 일자를 기다려 제신을 거느려 10리 밖에 나와 성의의 일행을 기다리더라. 차시 부마 일행이 정히 행하더니 홀연 일성 포향에 일대 인마 내달아 길을 막고 큰소리로 부르짖어 가로되,

"여등은 타국 사람으로 무단히 우리 지방을 범하니 이는 곧 도적이라."

하고 말을 몰아 달려드니 이는 적 부패라. 부마와 공주 크게 놀라 어찌할 줄 모르더니 관군 중 1인이 용맹이 절륜한 자가 있는지라. 이에 장창을 들고 말에 올라 큰소리로 부르짖어 가로되,

"우리는 천조 장사라. 부마와 공주를 모시고 나오거늘 너희는 어떤 도적이관대 항거하는다."

하고 맞아 수십 합에 이르러 승부 없더니 날이 저물매 각기 쉬고 익일 평명(平明)에 부패 또 나와 외어 가로되,

"적장은 작일 나와 미결한 승부를 결하라."

하거늘 관군이 크게 노하여 창을 비끼고 나오려 하매 호위 장사 말려 가로되,

"내 오늘 나아가 적을 베일 것이니 너는 아직 물러 있으라."

관군이 가로되,

"어찌 조그마한 도적잡지에 장군이 수고를 하시리이꼬. 오늘은 마땅이 도적을 베어 오리이다."

하고 정창을 출마하여 맞아 싸워 10여 합에 이르러 관군이 몸을 돌려 대갈일성에 부패를 배어 내리치고 남은 군사를 짓치니 여중이 사산 분주하거늘 이에 위의를 차려 나아가니라.

차설. 항의의 군대 패함을 듣고 크게 놀라 실색하여 친히 칼을 두르고 나아가더니 이에 문득 한 사람이 큰소리로 부르짖어

가로되,

"무지한 놈아, 동기를 몰라보고 이렇듯이 지악불량(至惡不良)하니 너 같은 놈을 베어 후인을 경계하리라."

하고, 1합에 베어 죽이고 스스로 자문 이사하니 어찌 쾌활치 않으리요. 이 사람은 안평국 협객이러라.

이러구러 부마 일행이 환란을 벗어나 노성으로 행할 때 만조백관이 왕을 뫼셔 기다리다가 영접하여 잠깐 별궁으로 맞아 들리고 왕이 근시를 거느려 별궁에 나아가 왕자를 볼 때 부마 공주와 더불어 부왕을 맞아 땅에 엎드려 호읍유체하여 능히 말씀을 못 하더니 이윽고 왕자 정신을 진정하여 전후 수말을 고하는데 왕이 듣기를 다하매 항의의 골경 심한하여 다만 눈물을 흘릴 뿐이러라. 왕자 항의의 불칙한 악심을 혐의치 아니하고 도리어 비창하여 대군일체로 장(葬)하고 수중에 원사한 선인의 자세를 불러 각각 상사를 많이 하고 다 원을 좇아 시행하니라. 이러구러 수삭이 지나매 황명을 생각하고 부왕께 하직하고 후께 하직하니 왕과 후 왕자의 손을 잡고 그 떠남을 연연하여 낙루하며 수히 돌아와 의문지망(依門之望)[1]이 없게 하라 하고 황사에게 예물을 많이 주어 그 정을 표하여 3일을 대연한 후 익일 발행하니라. 만조제신이 물러나와 전별하며 모두 연연하여 하더라.

이러구러 부마 일행이 1삭 만에 부중에 득달하여 조현하는데 황제와 후 새로이 반기시며 무사 반환함을 기뻐하시더라. 부마·공주 호승상 부중에 나아가 승상 부부를 보니 승상이 기뻐하며 그 사이 호소저 출가함을 말씀하더라. 차시 황제 춘추 높

---

1) 어머니가 자녀가 돌아오는 것을 마음을 죄며 기다림.

으시어 태자에게 전위하시매 태자 굳이 사양타가 할 수 없어 즉위하시니 남조제신이 산호만세(山呼萬歲)[2]하여 진하를 마치며 대연을 배설하여 3일을 즐기고 각읍에 부세(府稅)를 덜어 주며 법률을 경이하여 요순지치를 의방(依倣)하니 백성이 격양가를 부르더라.

차설. 호승상 부부 홀연 득병하여 기세(棄世)하매 부마 불승비감하여 호씨 선산에 안장하고 수삭이 지난 후에 황제께 주하고 본국으로 돌아감을 상주하는데 상이 음허하시고 안평국 세자를 봉하사 금은채단을 많이 하사하시니 세자와 공주는 사은 후 본국에 돌아와 부친을 모셔 효양으로 받들더라. 세자 3자 2녀를 낳으니 개개이 부풍모습하였더라. 시운이 불리하여 왕과 후 홀연 득병하여 세자 지성으로 기러기 화상을 그려 평생 잊지 아니하더라. 그 후로 자손이 계계승승하여 자손이 창성하고 국부민강하여 누천년을 누리더라.

사적이 기특하기로 대강 기록하노라.

---

2) 임금에게 경축하는 뜻으로 부르는 만세.

작품 해설

　조선 시대 때의 윤리 소설로, 일명 〈적성의전(翟成義傳)〉이라
고도 하며, 지은이와 집필 연대는 미상이다. 영·정조 이전에
창작했을 것으로 추정되지만 분명하지 않다.
　이 작품은 40여 면밖에 되지 않는 짤막한 소설이다. 전기적인
구성을 하여 인물 구성에 있어서도 선인과 악인을 대결시켜 놓
아서 평범하다. 부모에 대한 효도와 형제간의 우애를 주제로 하
여 권선징악을 의도하고 쓴 작품임을 알 수 있다.

　주인공 적성의는 안평국의 제2왕자로 태어났다. 제1왕자는
항의로, 심술과 행동이 사납고 아우인 성의는 어질었으므로, 왕
과 왕후는 물론 모든 백성도 성의를 더 사랑했다.
　이에 항의는 기회만 있으면 성의를 해할 궁리를 짜곤 했다.
이때 갑자기 모후가 중한 병을 얻어 만 가지 약이 소용없었다.
　하루는 한 도사가 와서 말하기를, 서역 청룡사에 있는 일영주
라는 선약이 있으면 모후의 병을 고칠 수 있다고 했다. 그 말을

들은 성의는 부모님의 만류도 뿌리치고 천신만고 끝에 일영주를 구해 오다가 길목을 지키고 있던 항의에게 일영주를 빼앗기고 칼에 맞아 장님이 되었다.

어느 섬에 표류한 성의는 대나무를 꺾어 피리를 만들어 붊으로써 약(藥)을 삼는다. 이때 중국 사신이 그곳을 지나다가 피리 소리를 듣고 성의를 중국에 데리고 가서 천자에게 소개했다. 그 뒤 성의는 천자의 사랑을 받으면서 공주의 벗이 되어 지냈다.

한편 일영주를 복용한 성의의 모후는 즉시 완쾌했지만 성의를 보지 못해 밤낮을 수심으로 지내다가, 성의가 길렀던 기러기의 발에 편지를 써서 매어 주며 주인인 성의가 있는 곳에 가면 전해 달라고 했다.

그 기러기는 중국으로 날아가서 공주가 놀고 있는 궁중의 난간에 가서 앉았다.

공주가 기러기의 다리에 매어 있는 편지를 보고, 성의에게 읽어 주었다. 성의는 편지의 사연을 듣고 감격하여 무심코 눈을 떠 보니 신기하게도 눈이 뜨였다. 눈을 뜬 성의는 과거에 응시하여 장원 급제하고 공주와 결혼하여 중국 천자의 부마가 되었다. 성의는 천자로부터 여가를 얻어 공주와 고국으로 돌아갔다.

성의가 살아서 돌아온다는 소식을 들은 항의는 무사를 보내 성의의 일행을 죽여 없애라고 했다. 그러나 무사들에게 도리어 자신이 살해당한다. 성의는 무사히 궁중으로 들어가서 감격 속에 부왕과 모후를 만나 쌓였던 회포를 풀었다.

성의는 잠시 고국에 머물러 있다가 중국에 돌아가서 승상이 되었다. 그 뒤 성의는 중국 천자로부터 안남국의 왕세자로 책봉되고 고국으로 돌아와서 왕이 되었다.

구성상으로 보나 표현이나 주제상으로 보나 아무런 특성도 찾아볼 수 없는 평범한 작품이다. 〈춘향전〉·〈홍길동전〉과 같이 경판·안판·완판으로 간행했고, 〈적성의전(霍聖義傳)〉·〈적성의전(積成義傳)〉 등의 작품도 있지만 내용은 동일하다.

정을선전

대명(大明) 가정연간(嘉靖年間)에 해동 조선국 경상 좌도 계
림부(鷄林府)¹⁾ 자산촌에 일위 재상이 있으니 성은 정(鄭)이요,
이름은 진휘(眞徽)라. 잠영거족(簪纓巨族)²⁾으로 소년등과하여
벼슬이 상국(相國)³⁾에 이르러 명망이 조야(朝野)⁴⁾에 진동하더
니 시세 변천함을 인하여 법강(法綱)이 해이하고, 정령(政令)이
문란하여 군자(君子)의 당은 자연 물러가고 소인(小人)의 당이
점점 나아옴으로 진풍환로(陣風宦路)⁵⁾의 뜻이 없는지라. 표를
닦아 천폐(天陛)⁶⁾에 올려 벼슬을 사양하고 고향에 돌아와 구름
속에 밭갈기와 달 아래 고기 낚기를 일삼으매, 만년의 가산은

---

1) 경주의 옛 이름.
2) 관직을 지낸 뼈대 있는 양반의 자손을 가리킴.
3) 영의정·좌의정·우의정의 총칭.
4) 조정과 민간.
5) 갑자기 불다가 잠시 후에 그치는 센바람처럼 파동이 심한 벼슬길.
6) 제왕이 있는 궁전의 섬돌.

섬부(贍富)¹⁾하나 다만 슬하에 일점 혈육이 없기로 매양 슬퍼하더니, 일일은 부인 양씨와 더불어 울적한 비희(悲喜)를 풀고자 하여 후원 동산에 올라가 일변 풍경도 완상(玩賞)하며 일변 산보로 이리 저리 배회(徘徊)하다가 인간 삼생사(三生事)²⁾를 담화할 때 이때는 마침 춘삼월 망간(望間)이라. 동산 서원에 백화는 만발하여 불긋불긋하고 전천 후계의 양류(兩流)는 의의하여 푸릇푸릇하여 원근 산천을 단청하였는데, 화간접무(花間蝶舞)³⁾는 편편금(片片金)⁴⁾이며 비금주수(飛禽走獸)⁵⁾는 춘흥을 못 이겨 이리저리 쌍쌍래라. 물색(物色)이 정회여차(情懷如此)⁶⁾하매, 즐거운 사람으로 하여금 보게 되면 환환희희(歡歡喜喜)⁷⁾로 흥취 일층 도도하겠고, 슬픈 사람으로 하여금 보게 되면 우우탄탄(憂憂歎歎)⁸⁾으로 슬픔 일층 증가하리라. 이러므로 승상이 부인을 대하여 추연히 탄식하여 가로되,

"우리 연광(年光)이 반이나 넘었으되, 일점 혈육이 없으매 우리 대 이르러 만년향화(萬年香火)⁹⁾를 끊게 되니 수원수구(誰怨誰咎)¹⁰⁾하리요. 사후 백골이라도 조선(祖先)에 큰 죄인을 면치 못하리로다. 이러므로 이같은 화조월석(花朝月夕)¹¹⁾을 당하면

---

1) 재산이 넉넉하고 풍부함.
2) 전생과 현생과 후생의 일.
3) 나비가 꽃 사이를 춤추며 날아다님.
4) 어느 물건이나 모두 다 진기함.
5) 나는 새와 기는 짐승을 말함.
6) 생각하는 마음이 이와 같음.
7) 매우 즐겁고 기쁨을 나타내는 말.
8) 오랫동안 향불을 피운다는 뜻으로, 끊어지지 않고 조상의 제사를 모셔 왔음을 나타냄.
9) 매우 깊은 근심과 탄식을 나타내는 말.
10) 남을 원망하거나 책망할 것이 없음.

더욱 비희(悲喜)를 억제치 못하겠도다."

하거늘 부인이 슬픔을 못 이기어 여쭈오되,

"우리 문호(門戶)¹²⁾에 무자함은 다 첩의 죄악이라. 오형지 속
에 무후막대(無後莫大)¹³⁾라 하오니 마땅히 그 죄 만번 죽엄즉 하
외다. 도리어 상공의 넓으신 은덕을 입사와 존문(尊門)에 의탁
하와 영귀(榮貴)함을 받으오니 그 은혜 백골난망(白骨難忘)이로
소이다. 다른 법문도가의 요조숙녀(窈窕淑女)¹⁴⁾를 널리 구하시
와 취처(娶妻)하여 귀자를 보시면 칠거지악(七去之惡)¹⁵⁾을 면할
까 하나이다."

한 대, 승상이 미소지며 답하여 가로되,

"부인에게 없는 자식이 타인에게 취처한들 어찌 생남하오리
까. 다 나의 팔자이오니 부인은 안심하옵소서."

하며 시동을 사용하여 주효(酒肴)¹⁶⁾를 내와 승상이 부인으로 더
불어 권하거니 마시거니 일배(一杯) 일배 부일배로 서로 위로하
며, 마신 후에 승상과 부인이 취흥으로 밝은 달을 띄우고 돌아
와 각기 침소에 돌아오니라. 이날 밤에 잠을 이루지 못하여 전
전반측(輾轉反側)¹⁷⁾하다가 적막한 빈 방안에 홀연 독좌하여 슬
픔을 등촉에 붙이어 이리저리 곰곰 생각다가 옛날 말에 하였으

---

11) 꽃 피는 아침과 달 뜨는 저녁. 곧 경치가 좋은 시절을 일컫는 말.

12) 문벌. 대대로 내려오는 집안의 지체.

13) 대를 이을 자손이 없음은 더할 수 없이 큰일이라는 뜻.

14) 성품이 얌전하고 조용한 여자.

15) 아내를 내쫓는 이유가 되는 일곱 가지 사항. 곧 시부모에게 공손하지 못함[不順舅
姑]·자식이 없음[無子]·음란한 행실[淫行]·질투·몹쓸 병[惡疾]·잔소리가 많음
[口舌]·도둑질[盜竊]임.

16) 술과 안주.

17) 누워서 이리저리 뒤척거리며 잠을 이루지 못함.

되, '정성이 지극하면 지성(至誠)이 감천(感天)이라' 하였으니, 명산대천(名山大川)에 가서 지성으로 정성을 드리어 득남발원(得男發願)[1]이나 하여 보면 천지신명(天地神明)이 혹시 감동하사 일개 귀자를 점지하와 후사(後嗣)나 이어 조선에 죄를 면할까 하여 날새기를 기다려 즉시 행장을 수습하여 남방으로 향하니라. 떠난 지 여러 날 만에 봉래산을 당도하여 수일을 한양(閒養)[2] 후에 수십 명덕정을 사용하여 제단을 건축하고 목욕재계하여 정성스러운 마음으로 100일 기도를 마치고 본제(本第)[3]로 돌아오니라. 이날 밤에 부인이 자연 곤뇌(困惱)[4]하여 안석에 의지하여 잠깐 졸더니 비몽사몽간에 하늘로서 흑의동자 날아와 부인 앞에 꿇어 재배하며 가로되,

"소자는 남해용자(南海龍子)옵더니 상제께 득죄하와 진세(塵世)[5]에 내치시니 갈 바를 알지 못하여 망극하옵던 차에 봉래산 선관(仙官)이 귀댁으로 지시하옵기로 왔나오니 부인은 어여삐 보옵소서."

하며, 품속으로 들거늘 양씨 놀라 깨어 보니 남가일몽(南柯一夢)[6]이라. 몽사가 기이하기 즉시 상공을 청하여 몽사를 여쭈온대 승상이 청파에 만심(滿心) 크게 기뻐하여 내년에 귀자를 둘까 암축하더라. 과연 그달부터 태기가 있어 12삭이 되매 일일은

---

1) 아들을 얻고자 하는 소원을 빎.
2) 한가로이 몸과 마음을 안정하여 휴양함.
3) 고향이 있는 본집을 가리킴.
4) 곤핍과 번뇌에 잠겨 있음. 시달리어 고달프고 힘이 없음.
5) 티끌 세상. 귀찮은 세상. 이 세상. 속세.
6) 중국 당나라 때 소설 《남가기(南柯記)》에서 유래한 말로, 꿈과 같이 헛된 한때의 부귀와 영화를 말함.

오색채운(五色彩雲)[7]이 집을 두르며 향기 만실(滿室)일새, 부인
이 좋은 징조 있음을 보고 만심 환희하여 옥로(玉爐)에 향을 사
르며 《소학(小學)》[8] 내칙편을 열람하다가 혼미중 일개 옥동을
낳으니 용모 장대하고, 표범 머리며 용의 얼굴이요, 곰의 등이
며, 잔나비 팔이요, 이리의 허리라. 겸하여 소리가 뇌성같으니
사람의 이목을 놀래는지라. 명명(命名)하여 가로되, 을선이라
하고 자(字)를 용부라 하다. 을선이 점점 자라매 총명이 과인하
여 물경(勿驚)[9] 칠서(七書)[10]를 무불통지(無不通知)[11]하며 동서
양 제가서를 열람 아니한 서책이 없는지라. 세월이 유수같아 춘
광이 10에 이르매 지혜는 1만 인에 지나고 재주는 1천 인에 지
나며 용맹은 절대하고 겸하여 충효가 특이하니 동서양에 공전
절후(空前絶後)[12]한 인물이라. 인걸(人傑)은 지령(地靈)이라더
니 자고급금(自古及今)[13]하여 조선 동천에 특별한 영걸이 배출
하니 금수 강산일시 분명하더라.

각설. 이때 익주 땅에 일위 재상이 있으니 성은 유(劉)요 이
름은 한경(漢景)이라. 몸이 일찍 현달하여 벼슬이 이부상서(吏
部尙書)[14]에 이르러 충의 강직하여 명망이 조야에 진동하더니

7) 여러 가지 빛깔로 아롱진 고운 구름.
8) 유자징이 주희의 가르침을 받아 지은 책. 쓸고 닦음[灑掃] · 물음에 대답하거나 요구에
   응함[應對] · 진퇴(進退, 앞으로 나아감과 물러남)의 예법과 착하고 어진 행동[善行] ·
   본받을 만한 말[嘉言]을 고금의 책에서 뽑아 편찬했음.
9) 놀라지 말라는 뜻으로, 무슨 엄청난 것이 있을 적에 미리 경고하는 말.
10) 삼경과 사서. 곧 《주역》 · 《서경》 · 《논어》 · 《맹자》 · 《중용》 · 《대학》.
11) 환히 통해 알지 못하는 것이 없음.
12) 비교할 만한 사물이 이전에도 없었으며 앞으로도 없을 것으로 생각됨.
13) 예로부터 지금에 이르기까지.
14) 벼슬 이름. 이부의 우두머리.

소인의 참소를 만나 삭탈관직(削奪官職)[1]하여 내치심을 당하매 고향에 돌아와 농부 어옹(漁翁)[2]이 되어 세월을 추월 춘풍으로 보내니 다만 한가한 사람이 되었으되, 일찍 아들이 없고 다만 1녀뿐이니 이름이 추연이라 하니라. 난 지 3일 만에 부인 최씨 산후병으로 세상을 영결하니라. 즉시 유모를 명하여 지성으로 양육하여 연기 15세에 이르러 시서(詩書)[3]를 통달하여 지성으로 부친을 섬기며 겸하여 설부화용(雪膚花容)[4]이 무쌍하고 절대하니라. 유상서 지중지중하기를 장중보옥(掌中寶玉)[5]같이 사랑하더라. 상서 환거(鰥居)[6]할 수 없어 노씨라 하는 여자를 재취하여 1남 1녀를 낳은지라. 노씨 본래 마음이 어질지 못하여 추연을 항상 해코자 하더라. 상서 소시(少時)로부터 정승상과 단금(斷金)[7]의 붕우라. 황상의 내치심을 당하매 고향으로 돌아와 정승상을 항시로 사모하더니 마침 상서의 회갑(回甲)이라. 잔치를 배설하고 정승상과 누년격조하던 회포를 서회코자 청료하였는지라. 승상이 멀고 먼 도로를 혐의치 않고 즉시 을선을 데리고 발정하여 의주로 행하여 나가니라. 이때 유상서가 정승상을 만나 적년(積年)[8]에 그리던 깊은 정회를 답화할 때 을선을 명하여 상서께 뵈온대 상서 또한 노씨 몸에서 낳은 자식을 불러 승

---

1) 죄인의 벼슬과 품계를 빼앗고 사판, 즉 벼슬아치의 명부에서 깎아 버림.
2) 고기를 잡는 노인. 어부의 존칭.
3) 시와 글씨.《시경》과《서경》.
4) 눈같이 흰 살결과 아름다운 얼굴.
5) 손 안에 쥔 보옥. 곧 매우 사랑하는 자식이나 아끼는 물건을 보배롭게 일컫는 말.
6) 홀아비로 살아감.
7)《역경(易經)》(주역)에서 유래된 말로, 굳기가 쇠라도 자를 만큼 교분이 아주 두터움.
8) 여러 해.

상께 뵈옵게 한 후 승상과 상서 서로 즐거워함이 비할 데 없더라. 여러 날 즐거워 지낼새 일일은 을선이 동산에 올라 풍경을 두루 구경하다가 한편을 바라본즉 후원에 있는 양류(楊柳)[9] 가지 흔들흔들하거늘 을선이 자세히 살펴보니 한 낭자 여러 시비를 데리고 추천(鞦韆)[10]하는지라, 잠깐 은신하여 본즉 구름같은 머리채는 허리 아래 너풀너풀 하고 외씨 같은 발길은 반공중에 흩날려 섬섬옥수로 추천줄 휘어잡고 앞줄을 벌려 뒤가 늘며, 뒷줄을 벌려 앞이 늘고 한 번 굴러 두 번 굴러 반공중에 솟아 올라 벽년화를 두 발길로 툭툭 차던지며 양류 가지를 휘어잡는 모양은 평생 보던 바 처음이라. 한번 봄에 심신이 산란하여 점점 나가 볼새 시비 등이 소저께 대하여 말하되,

"경성 땅에서 사실 때에 국내 자색을 많이 보았으되, 우리 소저 같은 인물은 보지 못하였더니 외방(外房)[11]에 오신 정공자의 인물이 소저와 차등이 없는 듯하오니 짐짓 남중일색(男中一色)[12]인가 하외다."

한대 소저 웃고 가로되,

"내 인물이 무엇이 곱다 하리요."

하더라. 이윽고 추천 유회를 다하고 들어가거늘 을선이 이 거동을 완상하고 정신이 산란하여 날이 저물도록 그곳에서 배회하다가 외당으로 들어오니라. 낭자의 고운 태도가 눈에 암암하고 청아한 음성은 귀에 쟁쟁하여 심혼이 흩어져 장부의 간장을 녹

---

9) 버드나무를 말함.
10) 그네.
11) 바깥에 있는 방.
12) 남자의 얼굴이 썩 뛰어나게 잘생김. 또는 그런 사람.

이는 듯 적막한 방안에 등촉으로 벗을 삼아 홀로 앉아 생각하니 세상 만물이 모두 짝이 있는데 나 혼자 짝이 없어 항상 근심하더니, 우연히 유상서 집 후원에 이르렀다가 백옥 같은 사람의 마음을 놀래는가. 이윽히 생각하며 밤이 새도록 잠을 이루지 못하여 여취여광(如醉如狂)[1]하여 눈에 보이는 것이 전혀 다 유소저 모양이라. 이러므로 불과 5, 6일지간에 인형(人形)이 초췌하고 그렇게 흔하던 잠도 없더라. 이튿날 승상께옵서 길을 떠나 집으로 가실새 을선이 마지못하여 부친을 모시고 돌아왔으나 만사 무심하여 학업을 전폐하고 생각하나니 유소저로다. 일념에 병이 되어 죽을 지경에 이르렀는지라. 승상부 민망하여 온갖 약을 쓴들 조금이라도 차도가 있을손가. 백약이 무효하여 병세 점점 침중하는지라. 그 모친이 약을 달이며 을선의 곁에 앉았더니 을선이 병중 군말로 유소저 집 후원에서 보던 낭자 여기 왔느냐 무수한 헛소리를 크게 부르거늘 그 모친이 을선의 섬어(譫語)[2]하는 그 거동을 보고 놀라며 승상을 청하여 이 연유를 여쭈어되,

"을선이 병중 섬어로 약시약시(若是若是)[3]하옵디다."
하거늘 승상이 청파에 괴상히 여기어 을선을 깨워 묻되,

"네 병을 살펴보니 우리 말년에 너를 낳아 장중보옥같이 사랑하더니 홀연 득병하여 이같이 위중하니 네가 무슨 연고 있는 듯싶으니 실사를 은휘치 말고 심중 소회를 자세히 설명하라."

---

1) 매우 기뻐 미친 듯도 하고 취한 듯도 함.
2) 헛소리. 잠꼬대.
3) 여차여차. 이러이러함.

을선이 민연(憫然)⁴⁾한 말로 여쭈오되,

"부친께옵서 이같이 묻자 하오시니 어찌 기망하오리니까. 과연 전일 유상서 집에 갔을 때에 후원 동산에서 추천하는 낭자를 보고 심신이 아득하와 일념에 병이 되어 부모 안전에 이같이 불효를 끼치오니 죄사무석(罪死無惜)⁵⁾이로소이다."

승상이 청파에,

"네 병이 진실로 그러할진대 그런 말을 왜 진작 아니하였단 말이냐. 익주 갔을 때에 유상서의 아들을 봄에 그 상모(相貌)⁶⁾가 아름답지 못하기로 그저 돌아왔더니 너 진실로 그러할진대 매파를 보내어 유상서께 통혼하면 응당 회소식이 있을 듯하니 안심하라."

하고 매파를 즉시 보내어 통혼하였는지라. 유상서는 을선을 보내고 사모를 불이하던 차에 승상이 보내신 매파의 청혼함을 듣고 못내 기뻐하여 즉시 허락하여 택일까지 하여 보내는지라. 이때 승상이 을선더러 유소저와 청혼된 말을 이르니 을선이 부친의 말씀을 듣고 일변 황감하여 일변 기뻐하여 병세 점점 차도 있더라.

각설. 이때 천자 문무 백관의 인격을 택차(擇差)⁷⁾하라 하시고 각도 형관하사 별과(別科)를 뵈일새 과일이 점점 임하였는지라. 이때 을선의 연광이 18세라. 서책을 품에 품고 장중에 들어가 본즉 천자 열후종실(列侯宗室)⁸⁾과 만조백관을 거느리시고 전각

---

4) 민망. 답답하고 딱해 걱정스러움.
5) 죽어도 아깝지 않을 만큼 죄가 무거움.
6) 얼굴의 모양새.
7) 인재를 골라 벼슬을 시킴.
8) 제후와 천자의 친족.

에 어좌(御座)하셨는지라. 여러 시관이 하관을 명하여 글제를 내어 걸거늘 을선이 시지(試紙)[1]를 펼쳐 놓고 산호필 반쯤 풀어 일필휘지(一筆揮之)하니 용사비등(龍蛇飛騰)[2]하여 자자주옥이요, 필법은 왕희지라. 일천(一喘)[3]에 선장(先場)[4]하고 장중을 두루 구경하더라.

천자 여러 시관으로 더불어 경향(京鄕) 선비의 시축(詩軸)[5]을 열람하시다가 한 글장을 보시고 칭찬 불이하시며, 봉래를 개탁(開坼)[6]하여 보신즉, '전 승상 정진희 아들 을선이라' 하였거늘 황상이 크게 기뻐하사 즉시 장원을 시키고 신래(新來)[7]를 재촉하실새 을선이 호명하는 소리를 듣고 여취여광하여 어전에 다다라 복지하온데 을선을 다시 명소(命召)하사 당상에 올라 앉히시고 을선의 용모를 잠깐 살펴보신즉 미간이 광활함에 일월 정기 감추었고, 봉안(鳳眼)[8]에 광채를 띄었으니 지심모원하겠고, 호골(虎骨) 용안(容顔)하며, 곰의 등이며, 잔나비 팔이며, 이리 허리에 음성이 뇌성 같으며 신장이 9척이라.

천자 특별히 사랑하사 여러 번 진퇴하시며 한림학사를 제수하시고 사악(司樂)[9]까지 하시니라. 한림이 사은숙배하고 궐문

---

1) 과거 시험에 쓰이는 종이.
2) 용이 움직이는 것같이 아주 활기 있는 필력을 가리키는 말.
3) 한번 숨을 쉼. 또는 그와 같은 몹시 짧은 시간.
4) 옛날 과거 때 문과 시험장 안에서 가장 먼저 글장을 바치던 것.
5) 시를 적은 두루마리.
6) 봉한 편지나 서류를 뜯어 봄.
7) 과거에 새로 급제한 사람을 부르는 것.
8) 봉의 눈. 봉의 눈같이 가늘고 길며 눈초리가 깊고 붉은 기운이 있는 눈. 중국 사람들이 귀한 인물이 될 생김새로 여김.
9) 임금이 음악을 내려 줌. 또는 그 음악.

밖에 나오니 한림원 시배(侍陪)[10]와 화동과 악생이 좌우에 나열
하고 청홍기(靑紅旗)는 반공중에 솟아 있는지라. 일위 소년이
삼층 윤거(輪車)에 높이 앉아 봉미선(鳳尾扇)[11]으로 일광을 가
리우고 대로 상으로 엄연히 지나니 짐짓 동서양 고금 영웅을 슬
하에 굴릴 만한 인물이더라. 내원(內苑)[12]의 풍악 소리는 원근
에 진동함에 만조백관이며 장안 만민이 다투어 완상하여 칭찬
않을 이 없더라.

　이때 한림이 영친(榮親)[13]할 사로 탑전(榻前)[14]에 주달하고
번제로 돌아오니라. 승상 부부 한림의 손을 잡고 못내 즐겨하시
며 즉시 익주 유상서 댁으로 기별하니라. 상서 이 소식을 듣고
크게 기뻐하여 희색을 띠어 내당에 들어가 부인과 소저를 보고
수말(首末)을 하시고 즐길새 그제야 유모까지 듣고 기뻐하되,
노씨 홀로 겉으로 좋아하나 속으로 흉계만 생각하더라.

　각설. 이때 조왕이 한 딸을 두었으되, 자색이 비범하여 설부
화용이 비할 데 없어 현서(賢壻)[15] 택하기를 널리 하더니 마침
정을선의 풍채와 용모가 비범한 인물이며 겸하여 한림학사의
위의를 칭찬 불이하여 백학사라 하는 사람을 보내어 청혼한즉
한림이 허락치 아니하고 도리어 가기를 재촉하거늘 조왕이 크
게 노하여 천자께 아뢰되,

---

10) 곁에 따라다니며 시중드는 하인.
11) 의장의 한 가지. 봉황새의 꽁지 모양으로 만든 부채.
12) 궁성 내의 정원.
13) 서울에 와서 고거에 급제하거나 관직에 임명된 사람이 고향에 돌아가 부모를 영화롭게
　　하는 일.
14) 임금의 자리 앞.
15) 어진 사위.

"신의 여식이 있삽기로 한림 을선에게 청혼한즉 거절하오니 통분하옵고 애달사외다."

하거늘 천자 청파에 즉시 을선을 명초하시니 한림이 궐내로 들어가 복지하온데 천자 가로되,

"짐의 조카 조왕이 네게로 청혼한즉 거절하였다 하니 그럴시 분명하냐?"

하신대 한림이 땅에 엎드려 가로되,

"소신이 소국 천한 용재오니 어찌 조왕의 구혼함을 거절하오리까. 가정에 구애하는 일이 있삽기로 존명을 봉행치 못하였나이다."

상이 물어 가로되,

"무슨 사정이 있는가?"

하시되 한림이 아뢰되 전상서 유한경의 여식과 정혼하와 택일 봉채한 말씀을 주당하온데 천자 들으시고 가로되,

"사정도 그러할 뿐 아니라 혼인은 인륜대사라. 금석같이 뇌정(牢定)[1]한 혼인을 왕위로 저어하면 이는 인사에 어그러진 일이라. 겸하여서 짐이 군부되어 백성의 선악을 어찌 알리요."

하시고 조왕을 부르사 이 뜻으로 이르시고 달래어 만류하시고,

"또한 유한경은 죄중에 있는지라, 네 빙부 된다 하기로 네 낯을 보아 죄를 특사하노라."

하시고 익주로 방출하시니 한림이 천은을 축사하고 물러나오니라. 이때 길일이 가까워 오거늘 한림이 부친을 뫼시고 익주로 내려갈새 학원 시배와 이원 풍악이며, 위의 거동을 이루 칭양치

---

1) 튼튼하게 정함. 자리를 잡아 확실하게 정함.

못할러라.

각설. 이때 노씨 매양 소저를 죽이고자 하더니, 일일은 독한 약을 음식에 넣어 소저를 주되 소저 마침 속이 불편한지라 이에 받아 유모를 들리고 침소에 돌아와 먹으려 할새, 하늘의 살피심이 소소한지라, 혼연 난데없는 바람이 일어나 티끌이 죽에 날려들거늘 소저 티끌을 건져 문밖에 버리니 푸른 불이 일어나는지라. 크게 놀라 이에 유모를 불러 연유를 말하니 유모도 크게 놀라 이에 개를 불러 죽을 먹이니 그 개 즉시 죽거늘 소저와 유모 더욱 놀라 차후는 주는 음식을 먹지 아니하고 유모의 집에서 밥을 지어 수건에 싸다가 겨우 연명만 하더라. 노씨 마음에 헤오되, '약을 먹여도 죽지 아니하니 가장 이상하도다' 하고 다시 해할 계교를 생각하더니 세월이 여류하여 길일이 다다르매 정시랑이 위의를 갖추어 여러 날을 행하여 유부에 이르니 시랑의 풍채 전일에서 더 배승하여 몸에 운무(雲霧) 사관대를 입고 허리의 국사 각대를 띠었으니 천상 신선이 하강한 듯하더라.

차시 천조사관(天朝辭官)[2]이 이르렀는지라. 유승상이 천은을 숙사하고 사문(赦文)[3]을 보니 전과를 사하여 관작을 회복한 성지라. 유승상이 북향 사은하고 사관을 관대하여 보낸 후 유승상이 초왕 부자를 맞아 그간 사모하던 회포를 펼새 눈을 들어 정시랑을 보니 옥모풍채(玉貌風采)[4] 전에서 배승하지라, 기쁨을 이기지 못하고 좌상제빈이 일시에 승상을 향하여 쾌서(快壻)[5]

---

2) 천자의 조정에서 왕명을 전달하는 내시 등의 벼슬아치.
3) 나라의 경사를 당해 죄수를 석방할 때 임금이 내리던 글.
4) 옥과 같이 아름다운 얼굴과 빛나서 드러나는 사람의 겉모양. 즉, 위엄이 있고 거룩한 모습.
5) 마음에 드는 좋은 사위.

얻음을 칭하하니 유공이 희불자승(喜不自勝)[1]하여 치하를 사양
치 아니하더라. 이튿날 예를 갖추어 전안(奠雁)[2]할 때 근처 방
백 수령이며 시비와 하예(下隷) 등 쌍을 무리지어 신부를 인도
하여 이르매 신랑이 교배석(交拜席)[3]에 나아가 눈을 들어 신부
를 잠깐 보니 머리에 화관을 쓰고 몸에 채의(彩衣)를 입고 무수
한 시녀 옹위하였으니 그 절묘한 거동이 진의 추천하던 모양과
배승하더라.

그러하나 신부 수색(愁色)이 만안하고 유모 눈물 흔적이 있거
늘 심중에 이상하나 누구를 향하여 물으리요. 이에 교배하기를
맞고 동방에 나아가니 좌우에 옥촉과 운무병이 황홀한지라. 괴
로이 소저를 기다리더니 이윽고 재유모 촉을 밝히고 들어오거
늘 시랑이 팔을 들어 맞아 좌를 정한 후에 인하여 촉을 물리고
원앙금리에 나아갔더니 문득 창외에 수상한 인적이 있거늘 마
음에 놀라 급히 일어 앉아 들으니 어떤 놈이 말하되,

"네 비록 지금 벼슬을 하였으나 남의 계집을 품고 누웠으니
죽기를 아끼지 아니한다."
하거늘 창틈으로 엿보니 신장이 9척이요, 3척 장검을 비껴 차고
섰거늘 이를 봄에 전신이 떨리어 칼을 빼어 그놈을 죽이고자 하
여 문을 열고 보니 문득 간데없거늘 분을 참지 못하여 탄식하고
생각함에 '오늘 교배석에서 보니 수색이 만안하기로 이상히 여
겼더니 원래 이런 일이 있도다' 하고 분을 이기지 못하여 칼을
들어 소저를 죽여 분을 풀고자 하다가 또 생각하되, '내 옥 같

---

1) 어찌할 바를 모를 만큼 매우 기쁨.
2) 혼인 때에 신랑이 기러기를 가지고 신부 집에 가서, 상 위에 놓고 절하는 예.
3) 교배할 때 까는 자리.

은 마음으로 어찌 저 더러운 계집을 침노하리요' 하고 옷을 입
고 급히 일어나니 소저 경황중 목을 열어 가로되,

"군자는 잠깐 앉아 첩의 말을 들으소서."

하거늘 시랑이 들은 체 아니하고 나와 부친께 그 말을 고하고
바삐 가기를 청한대 초왕이 크게 놀라 바삐 승상을 청하여 지금
발행하여 상경함을 이르고 하예를 불러 행장을 차리라 하니 유
승상이 계에 내려 허물을 청하여 가로되,

"어찌된 연고로 이 밤에 상경코자 하시나요."

정공 부자 일언을 부답하고 발행하니라. 원래 이 간부(姦夫)
로 칭하는 자는 노녀의 사촌 오라비 노태니 노씨 저일의 독약을
시험하되 무사함을 애달아 주사야탁(晝思夜度)[4]하여 소저 죽이
기를 꾀하더니 문득 길일이 다다르매 일계를 생각하고 이에 심
복으로 노태를 불러 가만히 차사(此事)를 이르고 금은을 많이
주어 행사하라 함에 노태 금은을 욕심내어 삼척장검(三尺長劍)
을 집고 월광을 띠어 소저 침소에 이르러 동정을 살피고 입에
담지 못할 말로 유소저를 갱참(坑塹)[5]에 넣으니 가련하다.

유소저 배옥 같은 몸에 누명을 실으니 원정을 누구에게 말하
리요. 불승분원(不勝忿怨)[6]하여 칼을 빼어 죽으려 하다가 다시
생각하니 '이렇듯 죽으면 내 일신이 옥 같음을 누가 알리요' 하
고 이에 속적삼을 벗어 손가락을 깨물어 피를 내어 혈서를 쓰니
눈물이 변하여 피 되더라. 유승상이 초왕을 보내고 급히 안으로
들어와 실상을 알고자 하나 노씨는 모르는 체하고 먼저 물어 가

---

4) 밤낮으로 골똘히 생각함.
5) 깊고 길게 파 놓은 구덩이.
6) 원망을 참지 못함.

로되,

"신랑이 무슨 연고로 삼야에 급히 가나이까."

승상이 말하되,

"내 곡적을 모르매 제 노기 충천하여 일언을 부답하더니 어찌한 곡절을 알리요. 자세히 알고자 하노라."

노씨 승상의 귀에 대고 가로되,

"첩이 잠결에 듣사오니 신이 방문 밖에서 어떤 남자와 소리를 지르며 여차여차하니 아무거나 추연에게 물으소서."

승상이 즉시 소저 침소에 가니 소저 이불을 덮고 일어나지 아니하니 시비로 일불을 벗기고 꾸짖어 가로되,

"네 아비 들어오되 기동함이 없으니, 이 무슨 도리며 정랑이 무슨 일로 밤중에 돌연히 돌아가니 이 무슨 일인지 너는 자세히 알지니 실진 무은(無隱)하라."

소저 겨우 고하여 가로되,

"야야(爺爺)[1], 불초한 자식을 두었다가 집을 망하게 하오니 소녀의 불효 만사무석(萬死無惜)[2]이로소이다."

하고 함구무언(緘口無言)하니 승상이 다시 말하되,

"너는 어찌 일언을 아니하느냐."

재삼 묻되 종시 일언을 답하지 아니하고 눈물이 여우(如雨)하니 승상이 생각하되,

'전일의 지극한 성효(誠孝)로 오늘날 불효를 끼치니 무슨 곡절이 있도다.'

하고 일어나 외당으로 나오더라.

---

1) 중국 말의 아버지.
2) 만 번 죽어도 아깝지 않을 만큼 죄가 무거움.

차시 유모 유소저를 붙들고 통곡하니 소저 눈물을 머금고 가로되,

"유모는 나의 원통히 죽음을 불쌍히 여겨 후일에 변백(辨白)[3] 함을 바라노라."

하고 혈서 쓴 적삼을 주니 유모 소저 죽을까 겁내어 만언을 위로하니 소저 다시 일언을 아니하고 반일을 애곡하다가 명이 끝쳐지니 유모 적삼을 안고 통곡하며 외당에 나와 소저의 명이 진함을 고하니 승상이 크게 놀라 말하되,

"병들지 않은 사람이 반일이 못 되어 세상을 버리니 이상하도다."

하고 일장 통곡하고 유모로 애도하라 하고 소저의 빈소에 이르니 비풍(悲風)이 소깃을 하여 능히 들어갈 수 없더라. 차후는 사람이 소저 빈소 근처에 이르니 곧 연하여 죽으니 승상이 능히 염습(殮襲)[4]하지 못하고 종일 호곡하다가 유모에게 드린 바 혈서를 쓴 적삼을 내어 보니 이는 유모에게 한 글이라. 그 글에 하였으되,

'추연은 삼가 글을 유모에게 부치노라. 내 세상에 난 지 3일 만에 모친을 이별하니 어찌 살기를 바라리요마는 유모의 은혜를 입어 잔명을 보존하여 15세에 이르러 정가에 정혼함에 나의 팔자 가지로 무상하여 귀신의 작희를 만나 청춘에 원혼(寃魂)이 되니 한하여 부질없도다. 천만 이외에 동방화촉(洞房華燭)[5] 밤에 어떤 사람이 큰 칼을 들고 여차여차하매 정랑이 어찌 의심하

지 않으리요. 나를 죽이려 하다가 멈추고 나아가니 내 무슨 면목으로 부친과 유모를 보며 세상에 있을 마음이 있으리요. 슬프다. 외로운 혼이 무주공산(無主空山)[1]에 임자 없는 귀신이 되리로다. 죽은 내 몸을 점점이 풀 위에 얹어 오작(烏鵲)[2]의 밥이 되면 이것이 내 원이요, 금의(錦衣)로 안장하면 혼백이라도 한을 풀지 못하리로다. 유모의 은혜를 만 분의 1이라도 갚지 못하고 누명을 쓰고 죽으니 원한이 철천(徹天)[3]하다. 지하에 돌아가 모친 혼령을 뵈오면 나의 애매한 악명(惡名)을 고할까 하노라.'

하였더라. 승상이 남파에 방성대곡하며 가로되,

"이 계교 내기는 분명 가내지사(家內之事)로다. 내 어찌하면 명백히 알리요."

하며 일변 노씨의 시비를 엄형추문(嚴刑推問)[4]하니 시비 등이 황황 망극하여 아무리 할 줄 모르더라. 승상이 이제 시비의 복초 아니함을 노하여 엄형추문하더니 홀연 공중으로서 외쳐 가로되,

"부친은 애매한 시비를 엄형치 마소서. 소녀의 애매한 누명을 자연 알리이다."

하더니 홀연 방안에 앉았던 노씨 문밖에 나와 엎어지며 안개 자옥하고 우는 소리 나더니 노씨 피를 무수히 토하고 죽는지라. 모두 말하되,

"불규칙한 행실을 하다가 이렇듯 죽으니 신명이 무심치 아니

---

1) 인가도 인기척도 전혀 없는 쓸쓸한 산. 임자 없는 산. 개인의 소유도 아니고 나라에서 관리하지도 않는 산.
2) 까막까치.
3) 하늘에 사무침.
4) 엄한 형벌로써 이치를 따져 구명하여 힐문함.

하고, 불쌍한 소저는 이팔청춘에 몹쓸 악명을 쓰고 죽으니 철천
한 원한을 누구라서 서럽지 않으리요."

노태는 그 경상을 보고 스스로 결항(結項)⁵⁾하고 노씨 자녀는
그날부터 말도 못하고 인사를 버렸더라. 일변 소저를 염빈하려
하여 방문을 연즉 사나운 기운이 일어나 사람에게 쏘이면 연하
여 죽는지라. 감히 다시 가까이 가도 못하더니 홀연 소저의 곡
성이 철천하며 근처 사람들이 그 곡성을 들은즉 연하여 죽는지
라. 일촌 인민이 거의 죽게 되었으니 승상이 어찌 홀로 살리요.
인하여 병들어 기세(棄世)⁶⁾하니 유모 부처 통곡하며 선산에 안
장하니라. 이후로 마을 사람이 점점 피하여 흩어지니 일촌이 비
었으되 오직 유모 부처는 나가려 하면 소저의 혼이 나가지 못하
게 하고 밤마다 울며 유모의 집에 와 있다가 달이 기울면 침소
로 돌아가더라. 차하를 급히 보시오.

차시 초왕이 을선을 데리고 여러 날 만에 황성에 득달하여 용
탑전에 조회한대 상이 말하기를,

"어찌하여 이리 빨리 오느냐?"

시랑이 전후 사연을 주달하니 상이 크게 놀라시어 유승상 부
녀를 잡아 오라 하시니 금오랑(金吾郎)⁷⁾이 주야 배도하여 내려
가니 유승상 부처 다 죽고 일문공허(一門空虛)하였는지라, 이대
로 계달(啓達)⁸⁾하니 상이 그 죽음을 연측하시고 이에 하교하시
어 조왕의 딸과 성혼하라 하시니 조왕이 기뻐 즉시 택일정래하

---

5) 목을 매어 닮.
6) 세상을 버림. 웃사람의 죽음에 대해 씀.
7) 의금부 도사.
8) 임금에게 의견을 아룀.

고 천장(天庭)에 들어가 사은하니 천재 기뻐하사 조왕 딸로 정렬부인을 봉하시고 을선으로 좌승상을 하이시니 을선이 천은을 숙사하고 집에 돌아와 부모께 뵈온대 왕이 승상을 애중함이 극하더라. 조왕이 홀연 득병하여 백약이 무효하니 필경에 살아나지 못할 줄 알고 승상의 손을 잡고 가로되,

"나 죽은 후라도 슬퍼 말고 충성을 다하여 나라를 섬기라."

하고 부인을 돌아보아 가로되,

"나 돌아간 후 가사(家事)를 총찰하여 나 있을 때와 같이 하라."

하고 의복을 개착(改着)[1]하여 상에 누워 죽으니 시년이 67세라. 일가 망극하여 왕비와 승상이 자주 기절하고 상하 노복이 일시에 통곡하니 곡성이 진동하더라. 승상이 비로서 인사를 수습하여 왕비를 위로하고 노복을 거느려 택일하여 선사에 안장하고 세월을 보내더니 천자 조왕의 죽음을 슬퍼하시어 제문 지어 치제하시고 승상을 위로하실 때 세월이 여류하여 3년을 마치고 승상이 궐하에 나아가 복지하니 상이 승상의 손을 잡으시고 3년이 덧없이 지냄을 새로이 슬퍼하시며 승상의 관작을 복직하시며 황금을 많이 사급(賜給)하시니, 승상이 곧 불수(不受)하니 상이 불윤(不允)[2]하시고 파조하시니 승상이 천은을 숙사하고 부중에 돌아와 왕비를 뵈오니 왕비 또한 애중함을 마지않으시더라. 홀연이 익주 자사(刺史) 장계(狀啓)[3]하였으되,

'익주 1도(道)에 흉년이 자심하고 또 이상한 일이 있어 유승

---

1) 옷을 갈아입음.
2) 신하의 주청을 허락하지 않음.
3) 지방 감사의 명령, 또는 왕명으로 지방에 파견된 관원이 왕에게 서면으로 보고하는 계본.

상의 여아 청춘에 요사(夭死)하매 그 원혼이 흩어지지 아니하여 그 곡성을 사람이 들으면 곧 죽으며 겸하여 백성이 화하여 도적이 되오니 복원 폐하는 어진 신하를 보내어 안무(按撫)하심을 바라나이다.'

하였더라. 상이 장계를 보시고 근심하여 만조백관을 모으시고 익주 진무함을 의논하시니 좌승상 정을선이 나서며 아뢰되,

"신이 무재하오나 익주를 진무하리이다."

상이 크게 기뻐하시며 을선에 순무도어사를 제수하시어 인검과 절월(節鉞)[4]을 주시고 가로되,

"익주를 빨리 진무하고 돌아와 짐의 바람을 잊지 말라."

하시니, 어사 하직하고 부중에 돌아와 왕비와 정렬부인께 하직을 고하고 역졸을 거느려 여러 날 만에 익주에 득달하여 옛일을 생각하고 유승상 부중에 이르니 인적이 끊고 그리 장려(壯麗)하던 누각이 빈 터만 남았고 다만 1간 초옥이 수풀 속에 있을 뿐이요, 다른 인가 없으니 물을 곳이 없는지라. 두루 방황하더니 수풀 속에 사람 자취 있거늘 배회하여 사람을 기다리더니 인적이 다시 없어지고 일색이 서산에 지는지라. 갈 바를 몰라 주저하더니 멀리 바라보니 산꼭대기에 연기 나거늘 인하여 찾아가니 다만 1간 초옥이라. 주인을 찾으니 한 노파 나와 물어 가로되,

"귀댁이 어디 계시기에 누구를 찾아 이 심산(深山)에서 방황하시나이까?"

어사 답하여 가로되,

---

4) 절부월. 조선 시대 때 지방에 관찰사·유수·병사·수사·대장·통제사 등이 부임할 때 왕이 내주던 절과 부월. 절은 수기와 같고 부월은 도끼같이 만든 것으로 생살권을 상징함.

"유승상의 집을 찾아 가더니 길을 잘못들어 이에 왔으니, 하룻밤 자고 가기를 청하노라."

할미 답하여 가로되,

"유하시기는 어려운 일이 아니오되, 양식이 없으니 어찌하리요."

하고 죽을 드리거늘 어사 하저(下箸)[1]하고 노고(老姑)[2]와 같이 앉아 이윽히 담화하더니 문득 철천한 곡성이 나면서 점점 가까이 오니 그 할미 일어나며 울거늘, 어사 이상히 여겨 보니 홀연 공중으로서 한 여자 울며 내려와 할미를 책하여 가로되,

"어미를 보러 왔더니 어찌 잡인을 들이느냐. 외인이 있으니 들어가지 못하노라."

하고 애연히 울며 돌아가니 그 노고의 부처 또 울며 들어오거늘 어사 괴이히 여겨 물어 가로되,

"어떤 사람이관데 깊은 밤에 울고 다니느냐?"

주인 노고 울기를 그치고 답하여 가로되,

"노고의 딸이로소이다."

어사 가로되,

"주인의 딸이면 무슨 일로 울고 다니느냐?"

노고 답하여 가로되,

"상공이 이렇듯 물으시니 강고하리이다. 우리 상전은 유승상이시니 승상 노야(老爺) 황성에서 벼슬하시더니 천자께 득죄하고 이곳에 오신 후 정실부인 최씨 다만 1녀를 낳으시고 3일 만에 기세하시니 노야 후실 노씨를 얻으시매 노씨 불인하여 소저

---

1) 음식을 먹음.
2) 할머니.

를 죽이려 하여 죽에 약을 넣어 주니 천지신명이 도우시어 홀연 바람이 일어나 죽에 티끌이 들어가 인하여 먹지 아니하고 개를 주니 그 개 먹고 즉시 죽거늘, 그 후는 놀라 밥을 제 집에서 수건에 싸다가 연명하였으며, 길례(吉禮)날 밤에 노씨 제 4촌 노태를 금은을 주고 달래어 칼을 가지고와 장난하니 정시랑이 그 거동을 보고 의심하여 밤에 돌아갔으며 그 후 소저 분원하여 자처(自處)[3]하매 염습코자 하였사오나 사사운 기운이 사람을 침노하니 인하여 빈소에 가까이 가지 못하였더니 그 후에 소저의 원혼이 공중에서 울 때 동네 사람들이 그 곡성을 들으면 병들어 죽으니 견디지 못하여 집을 떠나 타처로 거접(居接)[4]하되 우리 양인은 관계치 않기로 이곳에 있사온즉 소저 밤마다 울고 오나이다."

하고 인하여 혈서 쓴 적삼을 내어 놓으니 어사 받아 봄에 놀라고 목이 떨려 방성대곡하다가 이윽고 진정하여 주인에게 가로되,

"내 과연 정시랑이니 사세 여차한즉 어찌하리요. 내 불명하여 여자의 원을 끼치니 후일에 반드시 앙화(殃禍)를 받으리로다."

유모 부처 이 말을 듣고 반가움을 이기지 못하여 붙들고 방성대곡하며 가로되,

"시랑 노얘 어찌 이곳에 오시나이까?"

어사 또한 눈물을 흘리며 가로되,

"내 과연 모년 월일에 나의 부친을 모시고 유승상 집에 내려왔을 때 후원에서 화초를 구경하다가 추천하는 소저를 보고 올

---

3) 자결. 자기의 일을 자기가 처치함.
4) 잠시 몸을 의탁하여 거주함.

라와 병이 되어 사경에 이르렀으니 부친이 근뇌하시어 유승상
께 통혼하였더니 승상이 허혼하기로 살아난 말이며, 천자 사혼
하시되 듣지 아니하고 성례하려 내려와 신혼 초일에 흉한 한 놈
이 칼을 들고 여차여차함에 그 밤으로 올라가니라."
하고 조왕의 사위된 말과 옛일을 생각하고 찾아온 말을 자세히
일러 통곡하니 주객이 슬퍼함을 마지아니하더라. 어사 가로되,
  "사세 여차여차하니 어찌하면 소저를 다시 보리요."
  유모 가로되,
  "우리 소저 별세하신 지 오래되어 내가 가면 백골이 된 소저
역력히 반기시나 타인은 그 집 근처에도 못 가시되 시랑 노애
가시면 소저 덩이 또한 반기실 듯하니 내일 식전에 가사이다."
하고 그날 밤을 겨우 지내고 익일(翌日)[1]에 유모를 따라 한가지
로 소저의 빈소에 이르러는 유모 먼저 들어가 말하되,
  "소저야, 정시랑 상공이 오셨나이다."
  소저 대답하여 가로되,
  "어미는 어찌 저런 말을 하느냐. 시랑이 나를 버렸거든 다시
오기 만무하니라."
  유모 다시 말하되,
  "내 어찌 소저에게 허언(虛言)을 하리이까. 지금 밖에 오신
상공이 곧 정시랑이시니 들어오시라 하리이까?"
  소저 말하되,
  "정시랑이신지 분명히 옳으냐?"
  유모 가로되,

---

1) 이튿날.

"어찌 거짓말을 하리이까."

하고 나와 이르러 고한대 어사 진히 문밖에서 소리하여 가로되,

"생이 곧 정을선이니 나의 불명 혼암함으로 부인이 누명을 쓰고 저렇듯 원혼이 되었으니 그 애닯은 말씀을 어찌 다 측량하오리이까. 을선이 황명을 받자와 이곳에 와서 부인의 애매함을 깨닫사오니 백골이나 보고 이곳에서 한가지로 죽어 부인의 각골지원(刻骨之冤)²⁾을 위로코자 하나니, 부인의 명백한 혼령은 용렬한 을선의 죄를 사하시면 잠깐 뵈옵고 위로 함을 바라나이다."

언필에 방성대곡하니 소저 유모를 불러 말을 전해 가로되,

"정시랑이 이곳에 오시기 만무하니 어데서 과객이 와서 원통히 죽은 몸을 이렇듯 조르느냐. 부질없이 조르지 말고 빨리 가라."

하는 소리 연하여 원근에 사무치는지라. 유모 백단 개유하되 듣지 아니하니 시랑이 유모를 대하여 가로되,

"내 이렇듯 말하되 소저 듣지 아니하니 내 위격(違格)³⁾으로 들어가 보리라."

유모 말려 가로되,

"그러하면 좋지 아니함이 있을지라, 같이 생각하소서."

어사 생각하되, '이는 철천지원(徹天之冤)이니 범연히 보지 못하리라' 하고 창황중 생각하고 즉시 익주 자사에게 관자(關子)⁴⁾하되,

---

2) 뼈에 사무치도록 마음속에 깊이 새긴 원한.
3) 일정한 격식에 맞지 않음.
4) 상관이 하관에게 또는 상급 관청이 하급 관청에게 보내는 공문서.

"익주 순무어사 정을선은 자사에게 급히 할말이 있으니 불일 내로 유승상 부중 농림원상으로 대령하라."

하니 익주 자사 관자를 보고 황황히 예를 갖추어 농림 원상으로 오니 어사 녹음(綠陰) 중에 앉아 민간 정사를 묻고 가로되,

"내 전일에 유승상에게 여차여차한 일이 있더니 마침 이리 지나다가 유모를 만나 그간 사연을 자세히 들으니 그 소저 별세한 지 3년이로되 이리이리 하오니 어찌 가련치 않으리요. 이러므로 그 원혼을 위로코자 하니 자사는 나를 위하여 해혹(解惑)[1]케 하여라."

자사 청파에 소저 빈소 앞에 나아가 꿇어 엎드리고 가로되,

"이는 곧 정상공일시 분명하고, 나는 이 고을 자사이옵고 정어사의 분부를 들어 아뢰옵나니 존귀하신 신령은 살피소서."

소저 유모를 불러 전하여 가로되,

"아무리 유명(幽明)이 다르나 남녀 분명하거늘 어찌 외인을 상접하리요. 분명한 정시랑이라 하되 내 어찌 곧이 들으리요."

어사 할 수 없어 이 연유를 천자에게 전하되 상이 들으시고 잔잉히 여기시어 원혼을 추징하여 충렬부인을 봉하시고 직첩(職牒)[2]과 교지를 내리시니 언관(言官)[3]이 주야 배도하여 내려와 소저 빈소 방문 앞에서 교지를 자세히 읽으며 말하되,

"아무리 유명이 다르나 아비를 모르고 님군을 모르리요. 교지를 내려 너의 원혼을 깨닫게 하노라. 정을선의 상소를 보니 너의 참혹한 말을 어찌 다 측량하리요. 너를 위하여 조서를 내

---

1) 의혹을 풀어 버림.
2) 조정으로부터의 벼슬아치의 임명 사령서.
3) 사간원·사헌부 관원의 통칭.

리니 짐의 뜻을 저버리지 말라. 만일 조서를 거역한즉 역명(逆
名)[4]을 면치 못하리라."

하였더라. 소저 듣기를 다하매 그제야 유모를 불러 가로되,

"천은이 망극하시어 아녀자의 혼백을 위로하시고 또 가부(可
否) 적실한 줄을 밝히시니 황은이 태산 같도다."

인하여 시랑을 청하여 들어오라 하거늘 어사 유모를 따라 들
어가 보니 좌우 창호(窓戶)[5]를 겹겹히 닫쳤거늘 어사 좌우를 살
피니 티끌이 자욱하여 인기를 분별치 못할지라. 마음에 비창하
여 이불을 들고 보니 비록 살은 썩지 않았으나 겨우 뼈만 남은
지라. 어사 울며 가로되,

"낭자야, 나를 보면 능히 알겠느냐."

그 소저 공중으로써 대답하되,

"첩의 용납지 못할 죄를 사하시고 천리 원정에 오시니 아무
리 백골인들 어찌 감격치 않으리요. 첩이 박명한 죄인으로 상공
의 하해 같은 은덕을 입사와 외람한 직첩을 받자오니 어찌 감은
(感恩)하지 않으리이까."

어사 가로되,

"어찌하면 낭자 다시 살아날꼬."

소저 답하여 가로되,

"첩을 살리려 하시거든 금성산 옥윤동을 찾아가 동성 진인을
보고 약을 구하여 오시면 첩이 희생하려니와 상공이 어찌 가서
구하여 오심을 바라겠나이까."

어사 기뻐 즉시 유모를 분부하여 '행장(行裝)을 차리라' 하여

---

4) 임금이나 웃사람의 명령을 어김.
5) 창과 문의 통칭.

유모 부처를 데리고 길에 올라 여러 날 만에 옥윤동에 이르러 기구한 산천을 넘어 도관을 찾되, 운무 자욱하여 능히 찾을 길 없는지라, 마음에 초조하여 두루 찾더니 한 곳에 이르니 1자 묘당(廟堂)이 있거늘 들어가 보니 인적이 없어 티끌이 자욱하거늘 두루 찾다가 할 수 없어 도로 나오더니 묘당 앞 큰 나무 아래 한 구슬 같은 것이 놓였으니 빛이 찬란하고 향취 옹비하거늘, 이상히 여겨 집어 몸에 감추고 이에 묘당을 떠나 유모 부처를 데리고 산과 고개를 넘어 두루 찾으니 들어갈수록 첩첩한 산중이요, 능히 사람을 볼 길이 없는지라, 할 수 없어 이에 산을 내려와 촌점을 찾아 밤을 지내고 익주로 돌아와 소저 빈소로 들어가니 소저 반겨 가로되,

"상공이 약을 구하여 오시니이까?"

어사 답하여 가로되,

"슬프다. 약도 못 얻어오고 다만 행역(行役)[1]만 허비하나이다."

소저 가로되,

"상공의 몸에 기이한 광채 비치니 무엇을 길에서 얻지 아니하시니이까."

어사 가로되,

"이상한 구슬이 있기로 가져오니이다."

소저 가로되,

"그것이 회생하는 구슬이니 첩이 살 때로소이다."

하고 다시 말을 아니하니 어사 그 구슬을 소저의 옆에 놓고 소

---

1) 여행의 괴로움.

저와 동침하여 자다가 놀라 깨니 동방이 밝았는지라. 일어나 보니 구슬이 놓였던 곳에 살이 연지빛 같이 내살았거늘, 그제야 신기히 여겨 유모를 불러 보이고 구슬을 소저의 몸에 굴리니 불과 하룻밤 사이에 살이 윤택하여 붉은빛이 완연하고 옛 얼굴이 새로운지라, 반가움을 이기지 못하여 익주 자사에게 약을 구하여 일변 약물로 몸을 씻기고 약을 먹이니 자연 활생하여 인사를 차리는지라, 어사 희불자승하여 가까이 나아가니 소저 죽었던 일을 전혀 잊어버리고, 어사를 대함에 도리어 부끄러워 유모를 붙들고 통곡하여 가로되,

"이것이 꿈이냐 생시냐. 부친이 어디에 계시느냐."

하고 슬피 통곡하니 어사 소저의 옥수를 잡아 위로하고 살펴보니 요조한 색덕이 절묘하여 짐짓 경국지색이라. 생이 크게 기뻐하여 관사에 기별하여 교자를 갖추어 소저를 황성으로 치송할 때 소저 유모를 데리고 승상 산소에 나아가 슬피 통곡하니 일월이 무광하고 초목 금수를 위시하여 슬퍼하더라.

침실에 돌아와 유모 부처를 데리고 황성으로 올라올 때 소저는 금덩을 타고 유모 부부는 대완마를 탔으며 각읍 시녀 녹의홍상으로 쌍쌍이 옹위하여 올라가니 소과 군현의 인민이 다투어 구경하며 서로 말하되, '이런 일은 천고에 없다' 하더라. 어사 가로되,

"나는 익주 일로를 진무하기로 지금 올라가지 못하리니 서찰을 가지고 올라가라."

하니라. 소저 여러 날 만에 황성에 득달하여 왕비에게 뵈고 전후 수말을 고한대 이에 왕비 소저의 손을 잡고 눈물을 흘리며 가로되,

"그대의 기상을 보니 천고의 숙녀어늘 초년 팔자 기험(崎險)[1] 하여 원통한 누명을 쓰고 여러 해를 일월을 보지 못하였으니 세 상사를 측량치 못하리로다."

유시 고하여 가로되,

"소첩의 팔자 무상함이니 누구를 한하리이까. 황상의 넓으신 은혜와 어사의 하해지덕(河海之德)[2]으로 세상에 다시 회생하여 밝은 일월을 보오니 황은이 백골난망이로소이다."

언파에 산연 눈물을 흘리더라.

차시 천자 들으시고 여관(女官)을 보내시어 충렬부인께 치하 하심에 왕비와 충렬부인이 못내 천은을 칭송하며, 충렬부인이 왕비를 지성으로 섬기고 정렬부인을 예로써 대접하며 노복을 은의(恩義)[3]로 구휼(救恤)[4]하니 왕비 지극히 사랑하며, 노복 등 이 은형을 칭송하더라. 일일은 왕비 충렬부인과 정렬부인을 불 러 말하되, 정렬현부는 충렬의 버금이니 차례를 분명히 하라, 유씨 가로되,

"그렇지 아니하오이다. 정렬부인은 정문(鄭門)에 먼저 들어 와 존고를 섬겼사옵고 첩은 나중에 입문하였사오니 원비 되옴 이 불가하나이다."

왕비 가로되,

"현부를 먼저 정빙한 바이니 황상께 기주(記主)[5]하여 선후를 정하리라."

---

1) 그늘지고 험상스러움.
2) 하해와 같이 크고 넓은 은덕.
3) 갚아야 할 의리 있는 은혜. 은혜와 덕의.
4) 빈민·이재민 등에게 금품을 주어 구조함.
5) 언어와 동작을 그대로 기록함.

하고 인하여 연유를 천자께 주달하되, 상이 하교하시어,

"충렬부인으로 원비 대정(大定)[6]하라."

하시니 유씨 다시 사양치 못하고 원비 소임을 감당하여 구고(舊故)[7]를 지효(至孝)로 섬기니 왕비와 가중이 다 기뻐하되, 정렬부인이 심중에 애달아 황상을 원망하고 왕비를 미워하여 가만히 충렬부인 해하기를 꾀하더라.

차시 어사 익주 1도를 순무하여 백성을 인의(仁義)로 다스리고 선자(善者)를 승직하고 불선자(不善者)를 파직하며 탐관자(貪官者)를 중률로써 선참후계(先斬後啓)[8]하니 불과 수년 지나 천하 태평하더라. 서천 41주를 순무하기를 마치고 황성으로 올라와 탑전에 봉영(奉迎)[9]하는데 상이 어사의 손을 잡으시고 못내 기뻐하시고 또 유씨를 살려 돌아온 일을 치하하시니 어사 복지하여 아뢰되,

"이러하옵기는 다 황상의 넓으신 덕택이오니 신이 먼저 죽사와도 천은을 다 갚지 못하겠나이다."

천자 위로하시고 벼슬을 돋우워 금자광록대부 우승상을 내리시고 상사(賞詞)[10]를 많이 하시니 승상이 천은을 숙사하고 퇴조하여 돌아와 부왕과 모비께 뵈온대, 왕비 반기며 눈물을 드리워 유씨 생환함을 못내 칭찬하시고 신기하게 여기더라. 양부인이 차례로 들어와 예를 마치매 승상이 또한 유씨를 돌아보아 원정에 무사히 득달함을 치하하고 누수옥안(淚水玉顔)에 니음차니

---

6) 일을 딱 결단하여 정함.
7) 시아버지와 시어머니. 시부모.
8) 군율을 어긴 사람을 먼저 처형하고 난 뒤에 임금에게 아룀.
9) 귀인이나 덕망이 높은 사람을 받들어 맞이함.
10) 칭찬하는 말. 찬사.

부인이 염슬(斂膝)하고 가로되,

"첩이 무사히 올라오기는 승상의 덕이오니 즐거움을 어찌 이루 측량하리이까."

하더라. 이날 밤에 승상이 유씨 침소에 들어가니 유씨 맞아 좌정 후 염임(斂衽)[1]하고 고하여 가로되,

"상공은 너무 첩을 생각하지 마옵시고 조부인을 친근히 하소서."

승상이 답하여 가로되,

"내 어찌 조씨를 박대하리요. 부인은 여차 염려 말라."

하고 부인의 옥수를 잡고 침석에 나아가니 부인이 옛일을 생각하고 비희교집(悲喜交集)[2]하여 탄식하거늘 승상이 위로하여 가로되,

"고진감래(苦盡甘來)[3]는 우리를 두고 이름이라. 어찌 오늘날 이렇듯 만남을 뜻하였으리요."

하며 언사(言辭) 지약하니 유모 기뻐 사례하여 말하되,

"양위 저렇듯 즐기시니 노신의 한이 다시 없도소이다."

승상이 웃으며 가로되,

"유모의 정성으로 부인이 희생하였으니 노고의 덕은 산이 낮고 바다가 얕을지라, 어찌 생전에 다 갚으리요."

하며 즐거워하더니 이미 야심함에 촉을 창외로 물리니 유모 제 방으로 돌아와 지아비 충복에게 가로되,

"우리 이제 죽어도 한이 없도다. 승상이 우리 소저를 사랑함

---

1) 옷깃을 바로잡음.
2) 슬픔과 기쁨이 한데 엇갈림.
3) 고생이 끝나면 즐거움이 옴.

이 지극하니 어찌 즐겁지 않으리요."

충복이 듣고 탄식하며 가로되,

"상공이 충렬부인 사랑하심이 도리어 즐겁지 아니하도다. 후일 반드시 좋지 아니한 일이 있으리라."

할미 물어 가로되,

"그 어인 말이오?"

답하여 가로되,

"정렬부인은 조왕의 딸이니 국족(國族)[4]으로 세력이 중한 부인이요, 위인이 양선(良善)하지 못하니 승상이 충렬부인을 편벽되게 사랑하시면 정렬부인이 시기할 것이니 일후에 보면 알려니와 무슨 연괴 있을까 하노라."

유모 청파에 그렇게 여겨 또한 염려하더라. 차시 승상이 유부인 침실에서 자고 익일야에 조부인 침소에 들어가니 조부인이 가로되,

"첩의 곳에 어찌 들어오시나이까. 유씨의 침소로 가소서."

승상이 웃으며 내념(內念)에 그 현숙치 못함을 미은이 여기더라.

차시 국태민안(國泰民安)[5]하고 사방이 무사하여 백성이 격양가(擊壤歌)[6]로 일을 삼으니 이러므로 승상이 수유(受由)[7]를 얻어 양부인을 데리고 날마다 풍악을 주하며 행락하는지라. 만조백관이 놀기를 다투어 날마다 승상부에 모두어 가부로 연락하

---

4) 임금과 같은 본의 성을 가진 사람.
5) 나라가 태평하고 인민이 살기가 평안함.
6) 풍년이 들어 농부가 태평한 세월을 부르는 노래.
7) 말미.

니 장안 백성들이 이르되, '정승상의 유복한 팔자는 짐짓 곽분 양(郭汾陽)[1]을 부러워 않으리라' 하더라. 차시 유부인이 잉태한 지 이미 7삭이라. 조부인이 날로 시기하여 매양 유부인을 해할 마음을 두나 승상이 가내를 명찰함에 능히 행사치 못하고 애달 아 함을 이기지 못하더라.

나라가 태평하여 정히 일이 없더니, 문득 서방 절도사의 급한 표문을 올리니 상이 보심에 다른 사의(事意)[2] 아니라.

'서융이 반(反)하여 서방 30여 성을 쳐 항복받고 승승장구(乘 勝長驅)[3]하여 물밀 듯 황성을 향하되 능히 막을 길이 없사오니 원 폐하는 명장을 택하시어 조석의 급함을 방비하소서.' 하였더라. 상이 보시고 크게 놀라시어 만조백관을 모으시고 의 논하실 때 좌승상 정을선이 나서며 아뢰되,

"서융이 강포함을 믿고 외람히 대국을 침범하오니 신이 비록 재주 없사오나 일지병을 빌리시면 한번 북쳐 서융을 사로잡아 폐하의 근심을 덜겠나이다."

상이 크게 기뻐하시며 가로되,

"경의 충성과 지략을 짐이 아는 바이라. 무슨 근심이 있으리 요. 부디 경적(輕敵)[4]치 말고 서융을 쳐 항복받아 대국 위엄을 빛내고, 경의 이름을 사해에 진동케 하라."

하시고 10만 대병과 맹장 1천 여 원을 주시고 천자 어필(御筆)

---

1) 부귀 공명을 구비한 분양왕 곽자의의 팔자와 같다는 뜻으로, 오복(五福)을 겸비하여 팔 자가 좋은 사람을 가리키는 말.
2) 사건의 내용.
3) 싸움에 이긴 기세를 타고 휘몰아치는 일.
4) 적을 업신여김.

로 대장 수기(手旗)[5]에 친히 쓰시되, '대송좌승상 병마도총독 대사마대장군 평서대원수 정을선이라' 하였으니 을선의 엄숙함 이 맹호 같더라. 즉일 발행할 때 동 11월 10일 갑자기 행군령을 놓고 잠깐 집에 돌아와 모비께 고하되,

"국은이 망극하와 벼슬이 사마대장군 대원수에 이르렀사오니 몸이 다하도록 국은을 만 분의 1이나 갚을까 하옵나니 모친은 소자의 출전함을 염려하지 마시고 기체 만강하소서."

인하여 하직하니 왕비 눈물을 흘려 가로되,

"인신(人臣)이 되어 난세대병을 거느려 국은을 갚음이 신자 의 떳떳한 일이요, 또 '국가를 돌아보는 자는 집을 유련치 아니 한다' 하니 급히 도적을 펼정하고 대공을 세워 이름이 사해에 진동하고 얼굴을 기린각(麒麟閣)[6]에 그림이 남아의 사업이니 노모를 유련치 말고 수이 성공 반사(班師)[7]함을 바라노라."

하니 원수 이에 모친전에 하직하고 물러나와 유부인을 향하여 가로되,

"그대 등은 모비를 지성으로 받들어 복이 돌아옴을 기다리 라."

하고 또 조부인에게 가로되,

"유씨는 고단한 사람이니 부디 불쌍히 여겨 이미 태기 있은 지 7삭이니 만일 생산하거든 잘 보호하소서."

하고 또 유부인을 향하여 가로되,

---

5) 손에 쥐는 작은 기. 행진할 때에 장수가 손에 가지는 작은 기.
6) 중국 전한의 무제가 기린을 잡을 때에 세운 누각. 선제가 공신 두 명의 상(像)을 그려 이 각상(閣上)에 걸었음.
7) 군사를 이끌고 돌아옴.

"아무쪼록 가정이 화평하고 무사함을 바라노라."

두 부인이 대답하여 가로되,

"가정사는 염려치 마시고 대공을 이뤄 수이 돌아오심을 바라나이다."

하며 보니 유부인은 근심하는 빛이 있고, 조부인은 기뻐하는 빛이 있거늘 이상히 여겨 조부인에게 가로되,

"가부(家夫)를 만리 원정에 이별하니 응당 수색이 있을 것이어늘 부인은 어찌 희색이 있느냐."

조부인 가로되,

"이 무슨 말씀이니이까. 상공이 대원수 직함을 당하시니 신자의 당연한 직분이요. 둘째는 10만 대병을 거느려 오랑캐를 정벌하시니 대장부의 쾌사요, 셋째는 무지한 도적을 한번 북쳐 파함에 위엄이 천하에 진동하고 및 대공을 세우고 승전고를 울려 반사함에 위로 천재 예대하시고 아래로 만조공경이 흠앙하며 영명(英名)[1]이 천추에 전하고 얼굴이 기린각에 오르리니 상공이 영화를 띠어 환가하심에 위로 존고의 환희하심과 아래로 첩등의 평생이 영화로움을 자부하여 웃음을 머금어 반가이 맞으리니 이를 생각함에 자연 화기 동함이니다."

어필에 성음이 미어지는 듯하고 얼굴이 순화하여 장부의 회포를 녹이는지라, 승상이 다시 할말이 없어 모친께 하직하고 두 부인을 이별한 후 교장(敎場)에 나와 3군을 조련하여 행군할 때 천자 난가(鸞駕)[2]를 동하시어 문외에 나와 원수를 전송하시니

---

1) 뛰어난 좋은 명성, 또는 좋은 이름.
2) 임금이 타는 가마의 하나. 덩 비슷한데 좌우와 앞에 주렴이 있고 헝겊을 비늘 모양으로 늘였으며, 채 두 개가 썩 길게 되었음.

원수 용탑하에 하직한대 상이 어주를 권하시고 손을 잡고 가로
되,

"경은 충성을 다하여 흉적을 피하고 대공을 세워 짐의 근심
을 덜라."

하시고 환궁하시다. 원수 이에 방포(放砲)[3] 3성에 행군함을 재
촉하니 기치 검극(劍戟)[4]이 100리에 뻗쳤더라.

차시 정렬부인이 충렬부인을 해하고자 하여 한 계교를 생각
하고 시비 금련을 불러 귀에 대고 가로되,

"너를 수족같이 믿나니 나의 가르치는 대로 시행하라."

금련이 대답하여 가로되,

"부인이 분부하심을 소비 어찌 진심치 않으리이까."

부인 가로되,

"승상이 유부인을 각별 사랑하는 중 겸하여 유씨 잉태 만삭
하였고 나는 상공의 조강이나 대접함이 소홀하고 생산의 길이
막연하니 유씨 만일 생남하면 그 총애 백 배나 더 할 것이요,
나의 전정은 아주 볼 것이 없으리니, 이를 생각하면 통분함이
각골한지라. 여차여차하여 미리 소저를 행사(行詐)[5]하면 나의
평생이 평화로우리니, 네 만일 성사하면 천금으로 상을 주고 일
생을 편케 하리라."

금련이 응락하고 물러나오니라. 차시 조부인이 유부일은 청
하여 가로되,

"오늘 일기 화창하오니 후원에 나아가 춘경(春景)을 완상하

---

3) 군중(軍中)의 호령으로 총을 놓아 소리를 냄.
4) 칼과 창.
5) 거짓을 행함.

여 우울한 마음을 위로코자 하오니 부인의 존의(尊意) 어떠하시
나이까?"

유부인이 좋음을 답하고 후원에 이르니 조부인이 마침 신기
(身氣) 불편하므로 도로 내려가겠다 하거늘, 유부인이 그 꾀를
모르고 즉시 내려가 보니, 조부인이 금구(衾具)¹⁾를 높이 덮고
누웠거늘 유부인이 급히 나아가 물어 가로되,

"부인은 어디가 그리 불편하시뇨?"

조부인이 더욱 앓는 소리를 엄엄히 하여 인사를 모르는 체하
거늘 유시 일변 놀라고 민망하여 급히 왕비께 고하고, 일변 약
을 다려 권하니 차시 밤이 깊었고 인적이 고요하더라. 조씨 약
을 마신 후 목 안의 소리로 말하되,

"나의 병이 나은 듯하니 부인은 침소로 가 편히 쉬소서. 첩의
병은 날이 오래면 자연 나으리이다."

유부인 가로되,

"부인의 병이 저렇듯 위중하시니 자연 어찌 가 자리이꼬."
하고 가 아니하니 조부인이 재삼 권하여 가로되,

"아까 약을 먹은 후, 지금은 나은 듯하오니 염려 마시고 돌아
가소서."
하거늘 유부인이 마지못하여 침소로 돌아와 누웠더니 차시 금
련이 유부인이 돌아오기 전에 남복을 입고 유부인 침소에 들어
가 침병(枕屛)²⁾ 뒤에 숨었는지라, 조부인이 왕비 서사촌 성복록
을 청하여 금은을 많이 주고 계교를 가르쳐 이리이리 하라 하니
성 복록은 욕심이 많은 여자라, 밤이 깊은 후 왕비 침소에 들어

---

1) 이부자리.
2) 머릿병풍. 가리개.

가 왕비께 고하되,

"정렬부인의 병이 중함에 소저 약을 다스리며 보오니 충렬부인이 구병하는 체하옵더니 밤이 깊지 못하여 몸이 고되다 하옵고, 시비를 물리치고 가오매 가장 이상하옵기로 뒤를 따라 살펴온즉 모양과 의표(儀表) 이러이러한 남자와 한가지로 침소에 들어가옵더니 등촉을 물리치다 희락지성(喜樂之性)이 낭자하오니 이런 변이 어디 있으리요."

한대 왕비 이르되,

"충렬부인은 이러할 리 만무하니 네 잘못 보았도다."

하고 꾸짖으니 복록이 할말이 없어 왔다가 다시 들어가 고하되,

"아까 잘못 보았다 꾸짖으시기로 다시 가 보오니 분명한 남자라, 어떠한 놈과 동침하여 희락지성이 낭자하오니 내 말을 믿지 아니하시든 친히 보옵소서."

왕비 가로되,

"네 분명히 보았느냐?"

복록이 다시 고하고 가로되,

"아무리 우매하오나 어찌 허언을 하리이꼬. 지금의 수작이 난만하오니 한가지로 가시면 자연 아시리이다."

왕비 묵연양구(默然良久)[3]에 시비를 거느리고 유부인 침소에 이르니 밤이 정히 삼경(三更)이라. 유부인이 잠이 들었더니 왕비 불을 밝히고 유부인 침소에 들어가니 과연 어떤 놈이 뛰어내달아 복록을 차버리고 후원으로 달아나거늘 와비 크게 놀라 인사를 차리지 못하다가 노기 크게 발하여 시비를 호령하여

---

3) 한참동안 잠잠하게 있음.

'잡아 꿇리라' 하시니 시비 달려들어 유부인을 잡아갈 때, 차시 유부인이 잠결에 놀라서 깨달으니 시비 달려들어 잡아 계하(階下)[1]에 꿇리는지라, 유부인의 정신이 삭막하더니 왕비 큰 목소리로 가로되,

"너는 일국 정승의 부인으로 사람이 감히 우러러보지도 못하거늘 네 무엇이 부족하여 여차 간음지사를 행하여 왕공의 집을 망하게 하니, 네 죄는 친히 본 바이라 발명(發明)[2]치 못할 것이니 열 번 죽어도 아깝지 아니하도다."

하니 유씨 겨우 인사를 차려 가로되,

"첩이 죄를 알지 못하오니 죄나 알고지이다."

왕비 더욱 크게 노해 가로되,

"어찌 죄를 모르노라 하느뇨. 천하에 살리지 못할 것은 음녀(淫女)로다."

하고 복록을 호령하여 큰칼을 씌워 내옥(內獄)에 엄히 가두고 안으로 들어가니 유씨 할 수 없어 옥중에 들어가 가슴을 두르리며, 시비 금섬을 불러 죄명을 물어 알고 진정하여 말하되,

"이러하면 나의 죄를 어찌 벗어날꼬. 다만 승상에 끼친 바 혈육이 세상에 나지 못하고 죽으면 그것이 유한이로다."

하며 방성대곡하며 수건을 내어 결항하려 하더니, 다시 생각하되, '내 이제 죽으면 나의 무죄함을 뉘 알리요. 아무쪼록 세상에 부지하여 누명을 신설(伸雪)[3]하고 죽으리라' 하고 다만 호곡하다가 기절하니 금섬이 뫼셨다가 놀라 붙들어 급히 구호하니

---

1) 섬돌 아래. 층계 아래를 가리킴.
2) 무죄를 변명함.
3) 원통함을 풀고 부끄러운 일을 씻어 버리는 일.

이윽고 회생하거늘 금섬이 위로하여 가로되,

"부인이 이제 죽사오면 더러운 악명을 면치 못할 것이오니 아직 일을 보아가며 사생을 결단하옵소서."

부인이 이르되,

"네 말이 가장 옳으나 불측한 말을 듣고 어찌 일시를 세상에 처하리요."

하고 다시 자결하려 하거늘 금섬이 만단개유(萬端改諭)⁴⁾하니,

"금세에 드문 충비(忠婢)로다. 그러나 나를 위하여 양책(良策)을 생각하여 나의 무죄함을 변백(辨白)함을 바라노라."

금섬이 하직하고 제 집으로 돌아가니라. 차하를 보시오.

차설. 금섬이 제 집에 돌아와 제 부모더러 부인의 하던 수말을 낱낱이 전하니 제 부모 참혹히 여겨 가로되,

"너는 아무쪼록 계(計)를 베풀어 부인을 살려내라."

금섬 가로되,

"유부인이 명일에는 형장(刑杖)⁵⁾ 아래 곤욕을 당하시리니 다만 구하여 낼 계교 있사오되, 행장(行裝)⁶⁾이 없음이 한이로다."

그 어미 이르되,

"행장이 있으면 네 무슨 수단으로 구하고자 하느냐."

금섬이 대답하여 가로되,

"오라비가 1일에 500리씩 다닌다 하오니 행장 곧 있사오면 부인의 서간을 가지고 승상 진중에 가오면 살릴 도리 있나이다."

그 부모 가로되,

---

4) 여러 가지 좋은 말로 친절히 타이름.
5) 죄인을 신문할 때 쓰는 몽둥이.
6) 여행할 때에 쓰는 제구.

"행장이 무엇이 어려우리요. 네 말대로 행장을 차려 줄 것이니 아무쪼록 충렬부인을 무사케 하라."

금섬이 크게 기뻐하여 즉시 옥중에 들어가 부인을 보고 제 부모와 문답하던 말을 고하고 서찰을 청한대 부인 가로되,

"네 오라비 나를 살리고자 하니 차은(此恩)을 어찌 다 갚으리요."

언파에 눈물을 흘리며 서간을 써 주거늘 금섬이 받아가지고 나와 제 오라비 호철을 불러 편지를 주며,

"사제 급박하니 너는 주야 배도하여 다녀오라. 황성에게 서평관이 3천 여 리니 부디 조심하여 다녀오라."

하고 옥중에 들어가 호철 보낸 사연을 고하고 왕비 침전에 근시(近侍)하는 시비 월매를 불러 가로되,

"충렬부인의 참혹한 일을 너도 알려니와, 우리 등이 아무쪼록 살려냄이 어쩌하뇨."

월매 가로되,

"어찌하면 살려내리요."

금섬이 대답하여 가로되,

"명일 아침이 되면 왕비 상소하여 죽일 것이니 우리는 관계치 아니하나 충렬부인이 무죄히 죽으리니, 불쌍하시고 또한 복중에 승상의 혈육이 아깝도다."

인하여 충렬부인의 전어(傳語)를 설파(說破)하고 가로되,

"이제 옥문 열쇠가 왕비 계신 침전에 있다 하니 들어가 도적하여 줌을 바라노라."

이에 월매 응낙하고 가더니 이윽고 열쇠를 가져왔거늘 금섬 가로되,

"너는 여차여차하라."

월매 눈물을 흘려 가로되,

"나는 네가 가르친 대로 하려니와 네 부모를 어찌하고 몸을 버리려 하느냐."

금섬이 탄식하여 가로되,

"나의 부모는 나의 동생 여럿이니 설마 부모의 경상이 편치 못하리요. 사람이 세상에 남에 장부는 입신양명하여 나라를 섬기다가 난세(亂世)를 당하면 충성을 다하여 죽기를 무릅써 임금을 도움이 직분이요, 노주(奴主)간은 상전이 급한 일이 있으면 몸이 다하도록 섬기다 죽는 것이 당연하니, 내 이리하는 것은 나의 직분을 다함이니 너는 말리지 말라. 부디 내 말대로 시행하여 부인을 잘 보호하라."

하고 옥문을 열고 월매와 한가지로 들어가 고하여 가로되,

"부인은 빨리 나오소서."

부인 가로되,

"너는 어데로 가자 하느냐."

금섬이 대답하여 가로되,

"일이 급박하니 바삐 나오소서."

부인이 비례(非禮)임을 알되, 애매히 죽음이 원통한지라, 이에 나올새 월매는 부인을 뫼시고 나오되, 금섬은 도로 옥으로 들어가니 부인이 이상히 여기나 이를 묻지 못하고 월매를 따라 한 곳에 이르니 월매 부인을 인도하여 지함(地陷)[1] 속에 감추고 가로되,

---

1) 지면이 움푹 주저앉음.

"이목이 번거하오니 말씀을 마시고 종말로 기다리소서."

하더라. 어시(於是)[1]에 금섬이 옥중에 들어가 백포수건으로 목을 매어 자는 듯이 죽었는지라. 월매 이를 보고 마음이 떨려 놀랍고 정신이 비월하여 슬픔을 머금고 가슴을 두드리며 눈물을 흘리다가 할 수 없어 얼굴을 칼로 혈흔(血痕)을 내어 남이 알아보지 못하게 하고 혈서를 쓴 것을 옷고름에 차고 옥문을 진같이 잠그고 열쇠는 전에 두었던 곳에 두었더니 차시 왕비 조부인을 불러 상소를 지어 놓고 노복을 불러 옥문을 열고 유부인을 잡아내라 하니, 옥졸이 명을 듣고 들어가 보니 부인이 이미 백깁[2]으로 목을 매어 자처하였으니 혈흔이 낭자하여 보기에 참혹하거늘 불승황겁(不勝惶怯)[3]하여 자세히 보니 옷고름에 혈서 쓴 종이 매였거늘 황망히 끌러가지고 나와 왕비께 부인의 자결하심을 고하고 혈서를 드리니 왕비 크게 놀라 혈서를 떼여 보니 그 글에 하였으되,

'박명인생 유씨는 슬픈 소회를 천지신명께 고하나이다. 슬프다. 부모의 생육구로지은(生肉劬勞之恩)이 바다가 얕고 산이 가벼운지라. 15세에 승상을 만나 악명은 무슨 일로 죽은 지 3년 만에 원이 깊었더니 다시 회생하기는 황상의 넓으신 덕택과 왕비의 성덕과 승상의 활달대도(豁達大度)[4]하신 은덕으로 일월성신과 호토신령(戶土神靈)[5]에게 발원하여 다시 인연을 맺었더니 갈수록 팔자 무상하여 원통한 악명을 무릅써 죽으니 하늘이 정

---

1) 여기에 있어서.
2) 흰 비단 명주실로 바탕을 좀 거칠게 짠 비단을 '깁'이라고 함.
3) 두렵고 겁이 나는 것을 참지 못함.
4) 너그럽고 커서 작은 일에는 구애되지 않는 도량.
5) 토지의 신.

하신 수(壽)를 도망하기 어렵도다. 첩은 죄악이 심중하여 죽거
니와 유모 부처는 무슨 죄로 가두었는고. 슬프다. 지하에 무슨
면목으로 부보께 뵈오리요. 다만 복중(服中)에 끼친바 승상의
혈육이 어미 죄로 세상에 나가지 못하고 죽으니 한조각 한이 깊
도다.'
하였더라.

　왕비 보기를 마침에 도리어 참혹하여 염습을 극진히 하여 안
장하고 유모와 시비를 놓아 주니, 유모 부부 부인을 생각하고
천지를 부르짖어 통곡하니 그 참혹함을 이루 측량치 못하더라.
이때에 금련이 옥졸의 말을 들으니 서로 일러 가로되,
　"충렬부인이 미색(美色)으로 천하에 유명하다 하더니 이번에
본즉 수족도 곱지 아니하고 잉태 7삭이라 하되, 배도 부르지 아
니하고 이상하다."
하거늘, 금련이 이 말을 듣고 의심하여 조씨께 연유를 고하니
조씨 이 말을 듣고 왕비께 여쭈오되, 왕비 듣고 이상히 여겨 그
무덤을 파고 보니 과연 유부인이 아니요 시비 금섬일시 분명한
지라. 왕비 크게 노하여 옥졸을 잡아들여 국문한대 옥졸이 무죄
함을 발명하거늘 왕비 큰소리로 가로되,
　"유부인이 옥중에 갇혔을 때 시비 등이 왕래함을 여등(汝等)
이 알 것이니 은휘치 말고 바로 아뢰어라. 만일 태만함이 있으
면 형벌을 면치 못하리라."
　옥졸이 다시 고하되,
　"금섬과 월매 두 시비만 왕래하였고 다른 사람을 보지 못하
였나이다."
　왕비 청파에 크게 노하여, 금섬의 부모를 부르고 월매를 잡아

들이라 하여 물어 가로되,

"여등(汝等)이 유부인을 빼어 어디다 두고 또 처음의 흉악한
놈을 통간(通姦)하였으니 여등은 알지라, 그 놈이 어떠한 놈이
며 유부인은 어데로 보내었느냐, 바로 아뢰어라."
하고 엄형추문하니 금섬의 부모는 전혀 모르는 일이라 다만 고
하여 가로되,

"장하(杖下)[1]에 죽사와도 알지 못하오니 죽여지라."
하거늘 왕비 더욱 노하여 국문하되, 월매 혀를 깨물어 죽기를
사양치 아니하니 왕비 노기 충천하여 금섬의 부모를 옥에 가두
고 월매는 다시 형벌을 갖추어 불로 지지되 승복치 아니하니 할
수 없어 도로 옥에 가두니라. 이적에 월매 유부인을 지함 속에
넣고 밥을 수건에 싸다가 겨우 연명하더니 하루는 기운이 소진
(燒盡)하여 죽기에 임하였더니, 문득 해복(解腹)[2]하니 여러 날
굶은 산모가 어찌 살기를 바라리요. 정신을 수습하여 생아를 보
니 곧 남자어늘 일희일비(一喜一悲)하여 차탄하며 가로되,

"박명한 죄로 금섬이 죽고 월매 또한 죽기에 이르렀으니 어
찌 참혹치 않으리요."
하여 아이를 안고 이르되,

"네가 살면 내 원수를 갚으려니와, 이 지함 속에 들었으니 뉘
라서 살리리요."
하며 목이 메어 탄식하니 그 부모의 참혹함과 슬픔을 측량치 못
하리라. 차시 월매 독한 형벌을 당하고 옥중에 갇히었으나 저
의 괴로움은 생각지 아니하고 도리어 부인의 주림을 잔잉하여

---

1) 옛날 죄인을 다스리던 다섯 가지 형벌 중 하나인 장형을 하는 자리.
2) 해산. 아이를 낳음.

탄식하기를 마지아니하더라.

　차시 금섬의 오라비 유부인의 글월을 가지고 주야 배도하여서 평관에 다다라 엎드려 원수 노야 본댁에서 서찰을 가지고 왔음을 고하니, 차시 원수 한번 북쳐 서융을 항복받고 백성을 진무하며 대연(大宴)을 배설하여 3군으로 즐길 때 장졸이 희열하여 승전고를 울리며 즐기더라. 일일은 원수 일몽을 얻으니 충렬부인이 큰 칼을 쓰고 장하에 들어와 이르되,

　"나는 팔자 기박하여 정렬의 음해(陰害)를 입어 죽기에 이하였으되, 승상은 태연이 여기시니 인정이 아리로소이다."

하거늘 원수 다시 묻고자 하더니 문득 진중의 북소리 자주 동함에 놀라 깨니 남가일몽이라, 놀라고 몸이 떨리어 일어나니 군사 편지를 드리거늘 개탁(開坼)하여 보니 유부인 서간이라 그 글에 하였으되,

　'박명한 죄첩은 두 번 절하고 상공 휘하에 올리나이다. 첩의 죄 심중하여 세상을 버린 지 3년 만에 장군의 은덕을 입사와 살아났으니 환생지덕을 만 분의 1이나 갚을까 바라더니, 여액이 미진하와 지금 궁옥(宮獄)에 들어 명재조석(命在朝夕)[3]이오니 박명지인이 죽기는 섦지 아니하되, 복중에 끼친 바 혈육이 첩의 죄로 세상에 나지 못하고 한가지 죽사오니 지하에 돌아가나 조상에 뵈올 낯이 없사옵고 또 장군을 만리 전장에 보내고 성공하여 수이 돌아옴을 기다리옵더니 장군을 다시 뵈옵지 못하고 죽사오니 눈을 감지 못할지라. 복원 상공은 만수무강하시다가 지하로 오시면 뵈올까 하나이다.'

---

　3) 목숨이 아침 저녁에 달림.

하였더라. 원수 보기를 다 못하여 크게 놀라 급히 호철을 불러 물으니 호철의 대답이 분명치 못하나 대강은 익히 알지라, 급히 중군에 전령하되 본부(本府)에 급한 일이 있어 시각이 바쁘니 중군 대소사(大小事)를 그대에게 맡기나니 나의 영을 어기지 말고 행군하여 뒤를 쫓으라. 부원수 청령하거늘 원수 이에 청총마(靑馬)[1]를 채쳐 필마단기(匹馬單騎)[2]로 3일 만에 황성에 득달하니라.

차시 조씨 다시 형구를 베풀고 월매를 잡아내어 형틀에 올려매고 엄히 치죄하며 유부인의 간 고을 묻되 종시 승복치 아니하고 죽기를 재촉하는지라. 조씨 치다 못하여 그치고 차후에 혹 탄로날까 겁내어 가만히 수건으로 목을 매어 거의 죽게 되었더니, 뜻밖에 승상이 필마로 들어와 말에서 내려 정히 들어오더니 문득 보니 한 여자 백목으로 목을 매였거늘, 놀라 자세히 보니 이곳 월매라. 바삐 끌러 놓고 살펴보니 몸에 유혈이 낭자하여 정신을 모르는지라. 즉시 약을 흘려 넣으니 이윽한 후 정신을 차려 눈물을 흘리며 인사를 차리지 못하니, 승상이 불쌍히 여겨 이에 약물로 구하매 쾌히 정신을 진정하거늘, 원수 연고를 자세히 물으니 월매 이에 금섬 죽은 일과 유부인이 피하여 지함 속에 계심을 자세히 고하니 승상이 분해하여 급히 월매를 앞세우고 굴항에 가 보니 유부인이 월매의 양식 자뢰[3]함을 입어 겨우 목숨을 보전하다가 해복함에 복중이 허한 중 월매 옥중에 곤함에 어찌 양식을 이으리요. 여러 날 절곡(絶穀)함에 기운이 쇠진

---

1) 총이말. 푸른 빛을 띤 부루말. 갈기와 꼬리가 푸르스름함.
2) 혼자 한 필의 말을 타고 감.
3) 의뢰.

하고 지기 일신에 사무치니 몸이 부어 얼굴이 변영하여 능히 알
아볼 수 없는지라, 그 가련함을 어찌 다 측량하리요. 아이와 부
인을 월매로 보호하라 하고 내당에 들어가 왕비께 뵈오니 왕비
크게 반겨 승상의 손을 잡고 가로되,

"만리 전장에 가되 공을 세우고 무사히 돌아오니 노모의 마
음이 즐겁기 측량 없도다. 그러나 네 출전 후 가내(家內)에 불
측한 일이 있으니 그 동안 말을 어찌 다 형언하리요."

하고 충렬부인의 자초지종을 말하니 승상이 고하여 가로되,

"모친은 마음을 진정하옵소서."

"처음에 충렬의 방에 간부 있음을 어찌 알았으리요마는 노모
의 사촌 복록이 와서 이리이리하기로 알았노라."

승상이 크게 노하여 복록을 찾으니 복록이 간계 발각될까 두
려워 벌써 도주하였거늘 승상이 외당에 나와 형구를 배설하고
옥졸을 잡아들여 국문하되,

"여등이 옥중에 죽은 시신이 충렬부인이 아닌 줄 어찌 알았
으며 그 말을 누구에게 하였는지 은휘치 말고 바른 대로 아뢰어
라."

하는 소리 우레 같으니 옥졸들이 황겁하여 고하여 가로되,

"소인 등이 어찌 알았으리이까마는 염습을 할 때에 보오니
얼굴과 손길이 곱지 못하여 부인과 다름을 소인 등이 의심하여
서로 말할 적에 정렬부인 시비 금련이 마침 지나다가 듣고 묻기
에 소인이 안면에 구애하여 말하고 행여 누설치 말라 당부하올
뿐이요, 후일은 알지 못하나이다."

승상이 청파에 크게 노하여 칼을 빼어 안(案)을 치며 좌우를
꾸짖어 금련을 바삐 잡아들이라 호령하니 노복 등이 황황하여

금련을 족불리지(足不履地)[1]하여 계하에 꿇리니 승상이 높은 소리로 물어 가로되,

"너는 옥졸의 말을 듣고 누구에게 말하였느냐."

금련이 혼불부체(魂不府體)[2]하여 아뢰되,

"정렬부인이 금은을 많이 주며 계교를 가르쳐 남북을 입고 충렬부인 침소에 들어가 병풍 뒤에 숨었고 정렬부인이 거짓 병든 체하옴에 충렬부인이 놀라 문병하고 탕약을 달여 드려 밤이 깊도록 구병하시니 정렬 부친이 병이 잠깐 낫다 하고 충렬부인에게 그만 침소로 가소서 하니 충렬부인이 마지못하여 침시로 돌아가신 후 조부인이 성복록을 청하여 금은을 주고 왕비 침전에 두세 번 참소하였나이다."

하고 자초지종을 낱낱이 고하니 왕비 앙천탁식(仰天歎息)[3]하고 통독하여 가로되,

"내 불명하여 악녀의 꾀에 빠져 애매한 충렬부인을 죽일 뻔하였으니 무슨 낯으로 현부를 대면하리요."

하고 슬퍼하니 승상이 고하여 가로되,

"이는 모친의 허물이 아니시고 소자의 제가(齊家)[4]치 못한 죄오니 복망 모친은 심려치 마소서."

왕비 눈물을 거두고 침석에 누워 일어나지 아니하니 승상이 재삼 위로하고 즉시 조씨를 잡아들여 계하에 꿇리고 대질시켜 가로되,

---

1) 발이 땅에 닿지 않을 정도로 급히 달아남.
2) 혼백이 흩어짐. 곧 몹시 놀라 어쩔 줄 모르는 형편을 가리키는 말.
3) 하늘을 우러러 탄식함.
4) 집안을 잘 다스려 정제하게 함.

"네 죄는 하늘 아래 서지 못할 죄니 입으로 나 옮기지 못할지라. 죽기를 어찌 일시나 요대하리요마는 사사로이 죽이지 못하리니 천자께 주달하고 죽이리라."

조씨 애달아 가로되,

"첩의 죄상이 이미 탄로났으니 상공의 임의대로 하소서."

승상이 노하여 큰 칼 씌워 궁옥에 가둔 후 상소를 지어 천장에 올리니 그 글에 하였으되,

'승상 정을선은 돈수백배(頓首百拜)[5]하옵고 성상 탑하에 올리나이다. 신이 황명을 받자와 한번 북쳐 서융을 항복받고 백성을 진무하온 후, 회군하려 하옵더니 신의 집 급한 소식을 듣고 바삐 올라와 보온즉 여차여차한 가변이 있사오니, 어찌 부끄럽지 않으리이까. 차시 비록 신의 집 일이오나 스스로 처단치 못하와 이 연유를 자세히 상달하옵나니 원 폐하는 극형으로 국법을 쓰시어 죄자(罪者)를 밝게 다스리시고 신의 집 시비 금섬이 상전을 위하여 죽었사오니 그 원혼을 표창하심을 바라나이다.'

하였고 그 끝에 유씨 지함에 들어 해복하고 월매의 충의를 힘입어 연명 보전하였음을 세세히 주달하였더라.

상이 남파에 크게 놀라사 가라사대 승상 정을선이 국가의 대공을 여러 번 세워 짐의 주석지신(柱石之臣)[6]이라. 가내에 이런 해괴한 변이 있으니 어찌 한심치 않으리요. 이에 전지(傳旨)[7]하사 가로되,

'정렬과 금련의 죄상이 전고에 짝이 없으니 즉각 내어 참하

---

5) 머리를 땅에 닿도록 굽혀 100번 절함.
6) 나라에 없어서는 안 될 가장 중요한 신하.
7) 상벌에 관한 왕지(王旨)를 맡은 관원에게 전달하는 일.

라'

하시니 제신이 아뢰되,

"차녀(此女)의 죄 중하오나 조왕의 딸이요, 승상의 부인이니 참형(斬刑)을 쓰심이 너무 과하오니, 다시 전교하사 집에서 사사(賜死)[1]하심이 옳을까 하나이다."

천자 옳게 여겨 비답(批答)[2]을 내리시되,

'짐이 덕이 부족하여 경사는 없고 변괴 일어나니 참괴(慙愧)[3]하도다. 비록 그러하나 정렬은 일국 승상의 부인이니 특별히 약을 내려 집에서 죽게 하나니 경은 그리 알고 처사하라. 금섬과 월매는 고금에 없는 충비니 충렬문을 세워 후세에 이름이 나타나게 하라.'

하시니 승상이 사은 퇴궐하여 즉시 조씨를 수죄(受罪)하여 사약한 후 금련은 머리를 베고 그 남은 죄인은 경중을 분간하여 다스리고 금섬은 다시 관곽(棺槨)[4]을 갖추어 예로 장하고 제 부모는 속량하여 의식을 후히 주어 살리고 충렬문을 세워 주고 사시로 향화를 받게 하고 월매는 금섬과 같이 하여 충렬부인 집안에 일좌 대가(大家)를 세우고 노비전답을 후히 주어 일생을 편케 제도하니라. 차시 유모 부부 실성통곡하며 집으로 다니다가 승상이 올라와 부인의 원통한 누명을 신설하였다는 말을 듣고 기쁨을 이기지 못하여 춤을 추며 들어와 부인을 붙들고 통곡하여 가로되,

---

1) 죽일 죄인을 대우하여 사약을 내려 자결하게 함.
2) 상소에 대한 임금의 하답.
3) 부끄럽게 여김.
4) 관과 곽. 속널과 겉널.

"이것이 꿈인가 생시인가. 다시 부인을 차생에 만날 줄을 뜻하였으리요."

부인이 유모를 붙들고 목이 메어 말을 못 하다가 가로되,

"어미는 어데로 갔다가 이제야 오뇨? 나는 성상의 일월 같으신 성덕과 승상의 하해지덕을 입어 사액을 면하였으니 이제 죽으나 무한이로다."

하며 통곡하니 승상이 위로하여 가로되,

"이제는 부인의 액운이 다 진하고 양춘이 돌아왔으니 석사(惜事)를 생각지 마소서."

유부인이 칭사하고 즉시 왕비께 들어가 청죄한대 비참하여 난두에 내려 부인의 손을 잡아 가로되,

"현부 무슨 죄를 청하느뇨. 내 불명하여 현부를 애매히 죽일 뻔하였으니 나의 부끄러움 땅을 파고 들고자 하며, 아무리 뉘우친들 무엇이 유익하리요."

유부인이 고하여 가로되,

"소첩이 전생에 죄 중하여 여러 번 괴이한 악명을 당하오니 차(此)는 첩의 불민함이라 어찌 존고의 불명하심이리이꼬. 그러나 승상이 명달하므로 첩의 악명을 설백(雪白)하오니 어찌 기쁘지 아니하리이꼬."

인하여 옥배에 향온을 가득 부어 꿇어 드리고 강령에 수를 축하니 승상이 크게 기뻐하여 크게 잔치하고 아자(兒子) 이름을 귀동이라 하여 못새 사랑하더라. 승상이 치죄하기를 마치고 차의(此意)를 황상께 주달한대 상이 친히 승상의 손을 잡으시고 가로되,

"짐이 경을 만리 전진(戰陣)에 보내고 침식이 불안하더니, 경

이 한번 싸워 큰 공을 세우고 무사히 돌아오니 국가의 만행(萬幸)이라, 경의 공을 무엇으로 갚으리요."

하시며 옥배에 향온을 부어 권하시고 승상의 벼슬을 돋우어 영승상 겸 천하 병마도총독을 하이시고 병권을 맡기시니 승상이 굳이 사양하되 상이 종이 불윤하시거늘 승상이 할 수 없어 집에 돌아와 왕비께 문안하고 물러 유부인 침소에 이르니 부인이 이어나 좌정 후 승상을 향하여 가로되,

"첩이 고할 말씀이 있으나 상공 처분이 어떠하실는지 감히 발설치 못하나이다."

승상이 물어 가로되,

"무슨 말씀인지 부부간에 어려움이 있으리요, 듣기를 원하노라."

부인이 대답하여 가로되,

"다름이 아니오라, 월매의 은혜를 갚을 길이 없사오매 승상의 총첩을 삼아 일실지내(一室之內)에 100년을 같이하면 은혜를 만 분의 1이나 갚을 듯하오니 승상은 혜택을 드리오사 시측에 두심을 바라나이다."

승상이 미소하며 가로되,

"부인이 어찌 망령된 말을 하느뇨. 결단코 시행치 못하리니 다시 이르지 마소서."

부인이 여러 번 간청하거늘 승상이 마지못하여 월매로 첩을 삼으니 유부인이 동기같이 사랑하더라.

세월이 여류하여 금섬의 소기(小朞)[1]를 당하매 부인이 제문

---

1) 소상. 사람이 죽은 지 1년 만에 지내는 제사.

을 갖추어 제하니 제문에 하였으뇌,

'유세차 모년 월일에 충렬부인 유씨는 1배 청작(淸酌)²⁾으로 금섬 낭자에게 올리노라. 그대 나의 잔명을 살려내어 승상을 다시 만나 영화로 지내니 낭자의 은혜와 충렬이 아니면 내 어찌 복록을 누리리요. 차은을 생각하면 차생에 갚을 길이 없으니 지하에 돌아가 갚기를 바라며 후생에 동기되어 금세의 미진한 은혜 갚기를 원하노니, 밝은 정령이 있거든 흠양하라.'

하였더라. 일기를 그침에 일장통곡하니 산천초목이 다 슬퍼하더라. 제를 파하고 돌아와 금섬의 충렬을 새로이 생각하며 못내 잊지 못하여 궁옥에 갇혔던 일을 생각하고 금섬을 부르켜 통곡하니 승상이 위로하여 비희를 억제하더라.

이럭저럭 귀동공자 나이 13세 되니 용매 특출하고 문필이 기이하니 승상이 사랑하여 경계해 가로되,

"금섬 곧 아니런들 네 어찌 세상에 살아나리요."

하고 새로이 생각하더라. 차시 사방이 무사하고 백성이 낙업하니 천자 조서를 내려 인재를 뽑을새 문무 과장(科場)³⁾을 열으시니 선비 구름같이 모일새 차시 귀동이 과거 기별을 듣고 주야 공부하여 만권 시서(詩書)를 무불통지하니 당시 문장이라. 과일이 불원하매 승상께 들어가기를 고하니 승상이 허락하고 장중 제구를 차려 두니라. 귀동이 과장에 들어가 글제를 기다려 시지(試紙)를 펼치고 일필휘지하여 선장에 바치더니 차시 천자 친히 꼬노실새 선장 글을 보시고 크게 칭찬하시고 신래를 무수히 진퇴하시다가 옥배에 어주를 부어 권하시며 가로되,

<hr>

2) 깨끗한 술. 제사에 쓰는 술.
3) 과거를 보는 곳.

"경의 아들이 몇이나 되느냐."

승상이 아뢰되,

"미거한 자식이 하나이로소이다."

상이 칭선(稱善)[1]하시어 가로되,

"경의 1자(子)가 타인의 10자에서 승(勝)하리니 후일에 반드시 국가 주석지신이 될지라. 경의 생자(生子)한 공이 어찌 적으리요."

하시고 귀동으로 한림학사를 제수하시니 승상 부자 황은을 숙사하고 퇴조하여 궐문 밖에 나올새, 장원이 금관 옥대에 어사화를 비끼고 청동 쌍기는 앞을 인도하며 하리·추종은 전차후옹(前遮後擁)[2]하였으니 옥골선풍(玉骨仙風)[3]이 활연 쇄락하여 이 청련의 문장과 두목지[小杜][4]의 풍재를 겸하였으니 도로 관광자 책책 칭선함을 마지아니하는지라. 승상이 고거사마(高車駟馬)[5]에 높이 앉아 장원을 거느려 완완이 행하여 부중에 이르니 왕비 중문에 나와 한림의 손을 잡고 정당(正堂)[6]에 올라와 귀중함을 이기지 못하더라. 인하여 대연을 배설하여 즐길새 충렬부인이 석사(惜事)를 생각하고 크게 슬퍼하여 승상에게 고하고 이에 아자를 데리고 유승상 묘소에 내려가 소분하고 제물을 갖추어 치제할새 부인이 비희를 참지 못하여 일장통곡하니 초목금

---

1) 착함을 칭찬함. 칭찬하여 좋게 여김.
2) 여러 사람이 앞뒤에서 옹위하고 감.
3) 살빛이 희고 고결하여 신선과 같은 풍채.
4) 중국 당나라 말기의 시인. 호는 번천. 시풍은 호방하면서 또한 아름다움. 두보에 대하여 소두라고도 함.
5) 네 필의 말이 끄는 높고 호화로운 수레.
6) 집안에서 가장 중심이 되는, 본채의 대청.

수 다 슬퍼하는 듯하더라. 한림이 근동(近洞) 사람을 청하여 3
일을 잔치하여 즐기고 유씨 부모 산소를 크게 치산(治山)하고
전답을 많이 장만하여 주며 노복을 가리어 유씨 부모의 산소를
지키어 사시 향화를 지극히 받들게 하니 상하 노복과 문생고리
(門生故吏)⁷⁾ 한림의 은덕을 못내 칭송하더라. 여러 날이 되니
천자가 한림을 잊지 못하시어 사관을 보내어 명초(命招)시니 한
림이 바삐 치행하여 사관을 따라 황성으로 올라가니라. 차시 월
매 순산 생남하니 기골이 범상치 아니하고 영민 총혜하여 기질
이 비상하니 승상이 과애(過愛)하여 이름을 중민이라 하고 자를
충현이라 하다. 중민이 자라매 문장 필법이 빼어나니 승상 부부
와 월매의 귀중함이 비할 데 없더라.

　광음(光陰)⁸⁾이 여류하여 매년에 금섬의 기일을 당하면 부인
의 석사를 생각하고 때때 슬퍼하더라. 정한림의 벼슬이 점점 높
아 이부상서에 이르고 차자(次子) 충현은 효성이 지극하고 도학
(道學)⁹⁾이 고명하여 벼슬을 원치 아니하고 예의를 숭상하니 별
호를 운림처사라 하고 기이한 도법을 숭상하니 세인(世人)이 그
지기(志氣)¹⁰⁾ 고상함을 칭찬하더라.

　일일은 왕비 우연히 득병하여 백약이 무효하니 승상 부부 지
성으로 약을 구하여 치료하되, 이미 황천 길이 가까우니 어찌
인력으로 하리요. 왕비 스스로 일어나지 못할 줄 알고 승상과
충렬부인의 손을 잡고 제 손자를 불러 앞에 앉히고 이어 탄식하

---

　7) 문생과 이속.
　8) 세월. 때.
　9) 도덕에 관한 학문. 유학, 특히 송나라 때의 정주학파의 학문.
　10) 의지와 기개. 어떤 일을 이룩하려는 의기.

여 가로되,

"내 비록 죽으나 충렬과 월매가 숙덕으로 가사를 선치하리니 문호를 창개할지라, 무슨 근심이 있으리요."

하고 새 옷을 갈아 입고 와상(臥床)[1]을 편히 하고 누우며 인하여 졸하니 시년이 93세러라. 일가 망주(亡主)하여 승상과 충렬이 자주 기절하니 한림이 붙들어 관위하여 너무 과상(過傷)하심을 간하니 승상과 충렬이 비로소 정신을 수습하여 선산에 안장하고 세월을 보내더니, 광음이 신속하여 와이의 3상을 마치매, 승상 부부 새로이 슬퍼하며 승상이 연치(年齒)[2] 많음에 세월이 오래지 않음을 알고 치사(致仕)[3]하려 할새, 차시 천자 귀동의 벼슬을 도도와 우승상을 하이시고 승상 을선으로 위왕을 봉하시어 사과관 교지를 내리시니라. 차시 좌복야(左僕射)[4] 조영이 승상의 아름다움을 듣고 위왕께 청혼함이 간절함에 왕이 허락하매 조영이 크게 기뻐하여 즉시 택일하니 춘삼월 망간이라. 길일 수일이 격하였으니 위왕과 조영이 기뻐하더라. 인하여 길일이 다다름에 승상이 길복을 입고 위의(威儀)를 거느려 조부(曹府)에 이르니 포진(鋪陳)[5]을 정제하여 신랑을 맞아 전안청(奠雁廳)[6]에 이르매 신부를 인도하여 교배(交拜)를 마친 후 신랑이

---

1) 침상.
2) 나이의 경칭. 연세.
3) 나이가 많아서 벼슬을 사양하고 물러남.
4) 고려 때 상서도성의 정2품 벼슬. 상서령의 다음.
5) 바닥에 깔아 놓는 방석. 요·돗자리 같은 것의 총칭. 잔치 같은 때에 앉을 자리를 마련하여 깜.
6) 전안하기 위해 베푼 장소. 대개 마당에 차일을 치고 병풍을 둘러 놓고, 큰 상 위에 솔·대·과실·음식 등을 차려 놓아 꾸밈. 초례청.

신부의 상교(相交)함을 재촉하여 봉교상마(奉轎上馬)[7]하여 만조 요객을 거느리고 위의를 휘동하여 부중에 돌아와 신부 폐백을 받들어 구고에게 드리고 팔배 대례를 행하니 위왕 부부 크게 기뻐하여 신부 숙소를 정하여 보내고 종일 즐기다가 석양에 파연하매 승상이 부모께 혼정(昏定)[8]을 마친 후 기린촉을 밝힌 후 신방에 이르니 신부 일어 맞아 동서분좌함에 승상이 눈을 들어 보니 짐짓 절대가인이라, 마음이 쾌하여 촉을 물리고 옥수를 이끌어 원앙금리에 나아가 운우지정(雲雨之情)[9]을 이루매 그 정이 비할 데 없더라. 날이 밝음에 승상 부부 일어나 소세하고 부모에게 신성(晨省)[10]하니 위왕 부부 두근거림이 측량 없더라.

차시 충현의 나이 15세 되니 신장이 8척이요, 얼굴이 관옥 같으니 위왕 부부 그 숙성함을 느껴 널리 구혼하여 추밀사 왕진의 여를 취하여 성례하니 왕소저의 아름다움이 조소저의 차등이 아니더라. 승상이 부모의 점점 쇠로(衰老)하심을 민망히 여겨 천자께 수삭 말미를 얻어 부모를 뫼시고 백화정에 포진을 정제하여 즐길새 천자 상방 어선을 많이 사급하시고 충렬부인의 열절을 다시금 표창하시니 승상이 망궐 사은하고 여러 날 즐기다가 파연하고 궐하에 사은하온데 상이 반기시어 손을 잡으시고 위로하여 가로되,

"경의 부왕은 국가의 공훈이 있어 나라에 주석지신이 되었더니 경이 또 짐을 도와 고굉이 되니 어찌 기쁘지 않으리요."

---

7) 신부는 교자를 타고 신랑은 말을 타는 것.
8) 밤에 잘 때에 부모의 침소에 가서 밤새 안녕하시기를 여쭙는 일.
9) 남녀간의 육적으로 어울리는 사랑.
10) 이른 아침에 부모의 침소에 가서 밤새의 안녕을 살핌.

하시고 어주 삼배와 자금포 일령을 사급하시니 승상이 천은을 숙사하고 부중에 돌아와 부모께 뵈옵고 천은이 호성하심을 고하니 위왕이 천은을 감격하여 자손에게 국은을 대대로 잊지 않음을 부탁하더라.

이러므로 수년이 지나매 위왕과 충렬부인이 혼연 득병하여 백약이 무효하니 스스로 일어나지 못할 줄 알고 승상 형제를 불러 가로되,

"나의 병이 골수에 들었으니 반드시 세상이 오래지 않을지라. 나의 죽은 후라도 천자를 어질게 섬겨 도우라."

하고 또 처사에게 가로되,

"나의 죽은 후에 나의 형제 화목하여 가사를 선치하라."

하고 새 옷을 갈아 입고 상에 누우며 인하여 위왕과 부인이 일시에 졸하니, 승상 형제 천지가 무너짐을 당하여 일성호곡에 자주 혼절하니 친척 고구(故舊)[1]와 승상 형제를 위로하여 슬픔을 진정함에 인하여 예를 갖추어 선릉에 장하니라. 세월이 여류하여 얼핏 사이에 삼상이 지나매 천자 새로이 치제하사 슬퍼함을 마지아니하니, 승상 형제와 일문상하(一門上下) 천은이 호탕하심을 각골하더라. 차후 승상은 연하여 사자 2녀를 생하고 처사는 3자를 생하니 자손이 연하여 계계승승(繼繼承承)[2]하여 승상 형제의 부귀복록이 무흠(無欠)하더라.

이 말이 기이하기로 대강 기록하노라.

---

1) 사귄 지 오래된 친구.
2) 자손이 대대로 대를 이어감.

작품 해설

조선 시대 때의 계모형 소설로, 지은이와 집필 연대는 미상이다. 이 작품은 40여 면에 지나지 않지만, 조선 시대 소설의 분량으로 봐서는 중간적 작품에 속한다. 분명히 우리나라를 배경으로 하고 있으면서, 중간에 중국의 지명이 나오고 중국의 관직명이 나오는 것은 지은이의 치밀함이 결여된 탓으로 여겨진다.

구성은 복잡해서, 전반부에서는 남녀 주인공들의 결연담(結緣譚)으로 되어 있고, 중간은 여주인공에 대한 계모의 학대 사건, 후반부에서는 일부다처 생활에서 파생되는 비극·계모·쟁총(爭寵)의 세 유형으로 이루어진, 독특한 작품이다.

정을선은 정 재상 부부가 만년에 천지신명께 백일 기도를 드리고 난 아들이다. 을선의 출생과 때를 같이하여 익주 지방에서는 유 재상의 딸 추년이 태어났다. 그러나 그의 부인 최씨는 추년을 낳은 지 3일 만에 세상을 떠났다. 상처한 유 재상은 노씨라는 여자를 후실로 맞았는데 노씨는 심술이 사나워 추년을 몹시 학대했다. 정 재상이 을선을 데리고 유재상의 집에 놀러갔을 때, 추년을 본 을선은 그녀를 열렬히 사모하다가 병을 얻어 자리에 누웠다.

사경에 이른 을선이 비로소 추년에 대한 연정을 고백하자, 정 재상은 유 재상에게 청혼했다. 유 재상이 쾌히 승낙하자 을선을 놀랍게 회복되어 과거에 장원 급제하고 한림학사가 되었다.

노씨는 추년을 증오한 나머지 추년의 결혼 초야에 사촌 오라비를 시켜 칼을 들고 문 앞에 가서 을선에게, "네가 지금 벼슬하고 남의 계집을 품고 있으니 죽음을 면치 못할 것이다"라고 협박하게 했다. 이를 깊이 오해한 을선은 그 밤에 돌아와 그 후 초왕의 딸과 결혼했다.

첫날밤에 소박을 당한 추년은 을선이 초왕의 딸과 결혼하자 자살하고 말았다. 그런데 추년의 빈소에 들어가는 사람이나 그녀의 곡성을 들은 사람은 모두 죽었다. 계속되는 흉년으로 민심마저 흉흉해지자 조정에서는 을선을 순무도어사를 삼아 익주로

내려보냈다. 을선은 익주로 내려가서야 추년이 억울하게 자살
한 것을 알았다. 을선이 온갖 고생 끝에 선약을 구해 와서 죽은
추년의 몸을 문지르자 하룻밤 사이에 추년이 되살아났다.

을선이 추년을 아내로 맞아들여 초왕의 딸 조부인보다 더 사
랑했다. 이에 조부인이 질투하던 중 유부인이 먼저 잉태하자 흉
계를 꾸며 모해하고자 했다. 때마침 을선이 외지로 떠난 것을
기회로 시비인 금련으로 하여금 남자 옷을 입히고 유부인의 방
에 숨어 있게 했다. 이어 대부인이 유부인의 방으로 들어가려고
하는데 어떤 남자가 유부인의 방에서 뛰어나와 도망갔다. 대부
인이 크게 노해 유부인을 옥에 가두고 처형하려고 했다.

이에 유부인의 시비인 금섬과 월매가 계교를 짜서 유부인을
구출할 모의를 하는 한편, 금섬은 오라비를 시켜 먼 지방에 가
있는 을선에게 편지로 이 사실을 알렸다. 월매와 금섬은 유부인
을 탈옥시켜, 월매는 유부인을 보호하고 금섬은 옥중으로 들어
가 유부인이 죽은 것처럼 꾸미기 위해 얼굴을 망가뜨리고 자살

했다. 이때 을선이 유부인의 편지를 받아보고 놀라 급히 집으로
돌아와 흑백이 밝혀지고, 을선이 황제에게 상소하여 조부인에
게 독약을 내려 죽게 했다. 그 뒤 유부인은 구사일생으로 살아
나 을선과 행복하게 살았다.

　이 작품에 있어서 특이한 점은 시비들이 주인을 위해 희생하
고 대신해서 옥중에서 자살하는 것이다. 이런 사건은 조선 소설
에서는 찾아볼 수 없다. 이 작품의 표현이나 주제 등에서 두드러
진 우수성은 찾아볼 수 없지만 결구(結構)의 독창성으로 인해 인
정받는다.
　이처럼 이 작품은 앞부분에서 을선과 추년이 인연을 맺는 내
용을 다루는 한편 유 재상의 후실인 노씨의 을선에 대한 학대를
보여 주며, 이어 을선을 둘러싼 부인들의 쟁총(爭寵)으로 구성
되어 있다.
　〈정을선전〉의 목판본은 전해지지 않으며, 대신 활자본으로

1917년에 발행본이 있다. 이 활자본은 을선의 출생 과정 등 일부에 첨삭이 있을 뿐 〈정을선전〉과 내용이 같다. 이본(異本)으로 〈유희현전(柳希賢傳)〉이 있는데, 등장인물에서 약간의 차이가 보이는 것만 제외한다면 〈정을선전〉과 서사 구조가 같다. 이 때문에 〈유희현전〉을 〈정을선전〉의 이본 중 하나로 꼽는다.

┃구 인 환┃

서울대학교 사범대학 국어교육과 졸업
서울대학교 대학원 국어국문과 수료(문학 박사)
서울대학교 사범대학 교수
국어국문학회 대표이사 및
한국소설가협회 이사
문학과문학교육연구소 소장
서울대학교 명예교수

┌─────┐
│ 판 권 │
│ 본 사 │
│ 소 유 │
└─────┘

우리 고전 다시 읽기 10

홍길동전

초판 1 쇄 발행 2003년 2월 10일
초판 15 쇄 발행 2013년 2월 28일

지 은 이 허   균
엮 은 이 구 인 환
펴 낸 이 신 원 영
펴 낸 곳 (주)신원문화사

주   소 서울시 영등포구 당산동 121-245 신원빌딩 3층
전   화 3664-2131~4
팩   스 3664-2130

출판등록 1976년 9월 16일 제5-68호

＊ 잘못된 책은 바꾸어 드립니다.

ISBN 89-359-1076-7 04810